U0916320

刘海驰 著

青春之恋

QING CHUN ZHI LIAN

天津出版传媒集团
天津人民出版社

图书在版编目（CIP）数据

青春之恋 / 刘海驰著 . -- 天津 : 天津人民出版社 ,
2024. 7. -- ISBN 978-7-201-20660-8

Ⅰ . I246.5

中国国家版本馆 CIP 数据核字第 2024TC8748 号

青春之恋

QINGCHUN ZHI LIAN

出　　版　天津人民出版社
出 版 人　刘锦泉
地　　址　天津市和平区西康路 35 号康岳大厦
邮　　编　300051
邮购电话　(022)23332469
电子信箱　reader@tjrmcbs.com

责任编辑　岳　勇
特约编辑　俞鸿彧
美术编辑　魏大庆

印　　刷　河北赛文印刷有限公司
经　　销　新华书店
开　　本　710 毫米 ×1000 毫米　1/16
印　　张　10
插　　页　4
字　　数　133 千字
版　　次　2024 年 7 月第 1 版　2024 年 7 月第 1 次印刷
定　　价　47.00 元

序：一首难忘的青春恋歌

每个人都有他的年轻时代，每个老年人都有着年轻时代美好的回忆，青春、友谊、爱情、烦恼、曲折、笑和泪……经历过20世纪60年代和八九十年代的人们，对那段时光都有着难忘的回忆。这些回忆，并没有随着时间的远去而被淡忘，相反，变得越来越清晰。

本书的两篇故事，把我们带到那个难忘的年代。

第一篇《青春之恋》，讲述的是以大夫文思宁为主人公的恋爱故事。暗自互相倾慕的文思宁和白雪梅，在高中时期一直没有互倾情愫，在毕业之际，各自写了情书，放在对方的课本里，希望通过课本交换传信，定下终身。然而不承想，半路杀出个郝桃花，她从中调包，把这一段好姻缘冲散了。

5年后，从医科大学毕业的文思宁成为一名大夫，品学兼优的他本来在事业上可以飞黄腾达，可那场运动使他受到牵连，因为给一个“走资派”治病而遭到打击，被下放到公社卫生院，才能得不到应有发挥。就在那种困难的条件下，他还坚持给患者治病，以其高超的医术饱受称赞。在感情无依、事业受挫的情况下，文思宁苦中作乐，拉琴唱歌，以排遣心中的苦闷，渴望着他的恋人白雪梅。

事情有了转机，郝桃花对受到打击的文思宁失去了希望。为了不受牵连，她找到白雪梅，讲述了事情的经过，并请求文思宁的原谅。终于真相大白，尽释前嫌。

文思宁和白雪梅重归于好，然而受到来自家庭等方面的干涉，他们的婚事并不顺利，经过重重波折，最终才走上婚姻的殿堂。郝桃花和王玉瑶也结成甜蜜的一对，开始了幸福的婚姻生活。

第二篇《难忘真情》，故事的背景为 20 世纪八九十年代，年轻有为、博学多才的周浩博来到 S 中学。他很快就引起语文教师武梅香的注意，武梅香对他产生好感，并多次示爱。但周浩博一心扑在工作上，把情爱放在了第二位，更把对武梅香的爱压在心底。周浩博的犹豫让武梅香产生了误会，在家人的撮合下，她与常舒心订了婚，又举办了婚礼。

命运捉弄人，武梅香的生活并没有平稳地进行下去。婚礼后，丈夫还未进入洞房便猝死了。这对武梅香的打击非常之大，在她绝望之时，又是周浩博对她进行开导，使她重振对生活的信心。

另一位优秀女教师丁芳，也对周浩博萌生了爱情，但忙于工作的周浩博照样没有顾及个人问题，恰逢郊区学校需要支教老师，征得本人同意后，学校派丁芳前去支教。

郊区学校遭遇暴雨，洪水冲走了丁芳，被解放军王忠营长救出，这一举动，使得二人相互产生了好感，而王忠又是周浩博的得意门生，最终二人结为秦晋之好。而周浩博和武梅香互相倾慕 6 年之久，也在故事的结尾成为幸福的伴侣。

以上两篇小说，在人物和结构安排上都有异曲同工之妙，都是主人公能诗会文、英俊潇洒，而女主角都是外秀惠中、有情有义。男主人公都是有两个以上女性对其产生好感，但男主人公都是由于各种原因，爱情婚姻生活不顺，经过几番波折，最终成就了美好的姻缘，而女配角也找到了自己的所爱，以美满的婚礼开启生活的新篇章。

两篇小说没有大段的描述，而是以人物对话的形式展开，语言隽永，但又感情充沛。对亲情、友情、爱情的歌颂，对人性的赞美，对事业的执着追求，充溢在字里行间。

两篇小说告诉我们：人生不是一帆风顺的，充满了曲折，但人生又是美好的，一切的美好都要靠自己的奋斗去争取；事业和爱情是有矛盾的，而又是统一的，只要投身于为人民服务的事业，真诚待人，舍得付出，就能在事业中收获爱情。

小说中的人物即使在不顺的逆境中，也充满对未来的希望，用美好的歌声唱出对未来的期盼，乐观地对待生活。

两篇小说是对往事的回味与依恋，对青春的歌颂，对爱情的赞美，对事业、对祖国的深情，它昭示着我们，尤其是年轻人，如何度过青春，如何看待爱情，如何对待生活，如何经营事业，如何使人生更有意义。相信在这部书里，人们会找到满意的答案。

李正堂

前言：鼓励的力量是无穷的

——写给我儿时的伙伴及挚友栗龙池

2020年我回到了故乡，儿时的朋友栗龙池从北京专程回来看我。我们是小时候一起长大的伙伴儿，久别重逢，分外激动，有说不完的话。

龙池1965年参军，在部队的培养锤炼下，进步很快，由战士、排长做起，逐渐成长为一名正师职干部。1984年，首都举行国庆阅兵，他担任女兵方队政委，全程组织参与了受阅训练。当女兵方队迈着整齐而矫健的步伐，飒爽姿英走过天安门时，可想而知他是多么地兴奋。后来他又在白求恩军医学院任政委，并应邀出访加拿大，到白求恩故乡考察。退休后，他在白求恩精神研究会先后担任副会长、常务副会长兼秘书长、名誉会长等职，为在全社会、尤其是在全国卫生系统大力弘扬白求恩精神，做出了积极贡献。每当看到他的进步、听到他做出的成绩，我都为他高兴，为他祝福。

他的文采也好，发表过一些文章，主编出版过图书，笔锋犀利，令人读罢爱不释手。

他鼓励我："你从教一生，成绩显著，事业光辉，应该写点儿什么鼓励后人！"鼓励的力量是无穷的，于是我动了笔。我几十年从事教育工作的丰富经历，以及我和同学带过的学生们身上发生的动人故事，都成为我动笔的缘由和宝贵的素材。故乡优美的环境又给我提供了良好的写作氛围。

在我写作的过程中，他一边读我发去的手稿，一边不停地鼓励我。而今，《青春之恋》呈现在了读者的眼前，这与我儿时的伙伴、我的挚友龙池的热情鼓励分不开。

在此，我再次感谢我的老朋友龙池，谢谢你！

海　驰

目录

青春之恋

《青春之恋》描述了20世纪60年代一批高中毕业生在升学、工作和爱情中遇到的波澜曲折的故事：暗恋文思宁的白雪梅，在高中毕业典礼前夕，悄悄地把一封无比热烈的爱情之信夹在了文思宁的语文课本里，而文思宁也把这样一封信夹在了白雪梅的语文课本里。然而文思宁收到的却是郝桃花写给他的信。同样，白雪梅也压根就没有见到文思宁的信。

故事从这里展开。

高中毕业5年后，医科大学毕业的文思宁成为一名出色的外科医生，但道路坎坷。到了公社卫生院，他创造了不平凡的业绩——开创了在公社卫生院做手术的先河，造福一方，深得爱戴。

8年后，郝桃花为了自己的工作不被牵连，和文思宁断了关系，且把偷梁换柱骗取爱情的事情和盘托出。真相大白，文思宁和白雪梅重归于好。然而他们的结合并不顺利，两人又经历了重重困难连连波折后，最终走入了婚姻的殿堂。王玉瑶英雄救美，保护了郝桃花，且与其暗定终身。

春风吹遍了祖国的大地。文思宁又回到了医科大学附属医院再创辉煌。当年的同学们都在各自的岗位上努力奋进，奉献着青春和力量。

一

暗恋思宁三春秋，一朝挥泪更忧愁。可怜天公不作美。夺我郎君是何因？

白雪梅在写一封信，那么专注，那么激动，脸上现出无比的兴奋，这封信必须在明天毕业典礼前交给他，这是最后的机会，之后就各奔东西。能否与他再见面，天才知道。

信写好了，她小心翼翼地叠好，把“亲爱的思宁，我第一次敢这样大胆地称呼你”露在最显眼的地方，把落款也翻起来，好让他一眼就看出是自己写给他的，知晓自己的一片心意，一份真情。

同学们都在往礼堂走，她假装在整理桌上的书籍，最后一个离开教室，趁没有人注意，赶快把信夹在他的语文课本里。雪梅想，他一定会看到，因为他最爱语文课，他最喜欢学文学。他一定会发现。

明天就可以离校了。但学校欢迎同学们继续留校复习，老师们都自觉自愿地在学校为同学们答疑解惑。考场就在本市，很多外地同学都不回家。

而她和他的家都在本市。他家在东北角，而她在西南角，相距很远。

她觉得他看到信会十分高兴，从她的感觉来说，思宁是喜欢她的。虽然是这样想，可是她从来不敢表露出来。这一夜，她躺在床上翻来覆去，怎么也睡不着，3 年来的高中生活，他的影子一幕幕地出现在雪梅的脑海里。

思宁是学习委员，门门功课都很优秀，又是学校篮球队队长。那打篮球的姿势谁看了不喝彩呢！高挑的身材，跳跃投篮的动作，极高的命中率，赢得了同学们多少次的掌声，吸引了那么多的人，以及羡慕的眼神，特别是女同学。他手风琴拉得更好，在文艺汇演上，他的演奏博得一阵又一阵的掌声。

郝桃花则是学校出了名的女高音。但是如果没有思宁为其伴奏，恐怕她的演唱还会逊色一些。

至于谁喜欢谁，都是秘密，因为高中生是不允许谈恋爱的。雪梅决定明天一早就去他宿舍门口等他，他一定已经看了信。他见到我，会有怎样的表现呢？是写在心上，还是表现在脸上？雪梅思量着。

出乎她的意料，她走到宿舍门口时，远远看见郝桃花与他肩并肩地走在一起，她想是不是看错了？睁大眼睛再看，没错，多么熟悉的背影呀，高大细挑的身材，偏分头。郝桃花齐腰的双辫，微微地摆动着，歪头对着他说着什么。

此刻，雪梅的眼泪忍不住滚落下来。她站在原地不动，心乱如麻，她想，他不愿意也得给我个回信吧。他的性格，是一定会亲口告诉我的呀！

雪梅陷入沉思。突然，男生宿舍里走出了王宇璜。王宇璜先是远望，后是近瞧，俏皮地说："鸳鸯戏水多快活，你不羡慕吗？"他看了她一眼，"其实喜欢你的人远在天边，近在眼前，不要去棒打鸳鸯了。"

白雪梅脸热辣辣的，脸红到脖子根，急急忙忙走开了。王宇璜是个直性子人，说话从不拐弯抹角，同学们逗他："你一定是爱上白雪梅了。"王宇璜不点头也不摇头，更不说话，另一个同学却郑重其事地说："收场吧，不要瞎子点灯白费蜡了。"说话的是王玉瑶。

王玉瑶是班长，看问题透彻，性格直爽，他认为白雪梅考中文系是十拿九稳的，而王宇璜是体育健将，他的未来是做体育事业，白雪梅怎么会喜欢他呢？

雪梅回到宿舍蒙着头，却睡不着，坐起来铺开一张纸，想写些什么，但又写不出来，她的脑海里全是他，在纸上写了一个"文思宁"，写了又一个"文思宁"，又写"思宁"，"思宁我爱你，我爱你！"写着写着，不觉泪如雨下。正在此时，郝桃花满面春风地飘了进来，见状笑着说："我们的大美人怎么了？以泪洗面，从来没见过呀，谁欺负你啦？”雪梅赶紧擦干了泪水，随手把纸揉成了一团，扔在纸篓里。“我看是什么事让我们的大美人如此伤神。”郝桃花随即俯身捡起纸团弄平，看到上面写的字，咯咯地笑起来，说：“爱一个不爱你的人值得吗？”说着，挨着她坐到床边，“我就是为这事来的，他不好意思来，让我告诉你：‘你俩不合适，他喜欢的是我，你应该祝福我们。’你的信他看了，他说：‘我有两个女性同时爱着我，真高兴，但只能爱一个，我们都是好朋友，在岁月的长河中咱们互相关心互相帮助吧。’”

竹篮挑水上山峰，一场欢喜一场空。这是她万万想不到的结局。慢慢地静下心来，她想，她难道比不上郝桃花？她不仅学习好，而且天生一副好嗓子，是学校广播站的广播员，像百灵鸟一样吸引了许多人，一口洁白的牙齿，笑起来脸上露出一对浅浅的酒窝。这时，桃花说：“我走了，你保重，思宁还在外面等我。”

现在明知道这种关系是不可能了，雪梅还是不由得写出了自己的心声。

暗恋思宁三春秋。一朝挥泪更忧愁，可怜天公不作美。夺我郎君是何因？

原打算在学校待几天和他确定关系，这是她向往已久的事。现在没这个必要了，她不想再待下去了，尽快地离开这个伤心之地吧。

回到家里，她要安下心来复习迎考，一定要考好，考出水平，考出好成绩，给他们看看，我白雪梅也不是吃素的。辛苦不负有心人，她果然以优异的成绩考取了一所名牌大学的文学专业。

思宁考入了省立医科大学的医疗系。郝桃花考入本省立大学音乐系。王宇横真的像王玉瑶所说的，考入了省立大学的体育系，而王玉瑶也考入了省立大学的政治系。谁考入了什么大学，白雪梅一清二楚，特别是文思宁，她是知道的，他考什么都能考上，文理皆通之人嘛！

二

光阴似箭，岁月如梭，四年大学时光在紧张的学习中度过了。白雪梅本可以留在学校任教，因为她学得最好，学校领导和老师们都非常看好她。但她请求回清水市，因为父母都老了，身边无人照顾。其实她还是想念文思宁。

她被分配到省文联的编辑部，古人云，无巧不成书。世上的事情就是这么巧。雪梅报到的第一天，就碰上了王玉瑶，俩人热情地握手，寒暄之后，才知道他分在了政治部，而且早她一个月来到这里。

其实王玉瑶在高中时就喜欢上了白雪梅，但他发现白雪梅喜欢思宁，就把这份爱压在心底，没有显露，今天再度相遇，而且知道了雪梅还是单身，内心的激动难以言表，可是四年之后的第一次见面，他能表示吗？不能，这是尊重。“我请你吃饭吧！”王玉瑶看着白雪梅说。雪梅没有拒绝，她急切地想知道清水市同学们的情况。特别是想知道她和他的情况。其实王玉瑶很有自知之明，他把这份爱深深地压在心底，和谁都没有说过。而且市内同学还经常见面，他有一种感觉，觉得思宁和桃花有些不对劲，而且文思宁常表露出思念白雪梅。

大学毕业后，他俩一起喝酒，思宁借酒消愁，醉意蒙眬时说出了心里话：“我给白雪梅的信始终没有回应。”

玉瑶心想，白雪梅为人诚实，想不到竟然不回信，便耐不住地说：“收到思宁的信，你怎么不回信呢？”雪梅听言先是一愣，随后，秀眉高挑睁大眼睛：“他何时给我写过信呀？他有了郝桃花，还能记得起老同学吗？”随即眼圈红了，眼里含着泪花。咦？玉瑶丈二和尚摸不着头脑，这俩人都不会说谎啊，可是……沉默许久，说不清了。

玉瑶想，如果他们都对对方没好感了，他本来可以向雪梅提出他的想法，可是现在什么都不能说了，说了就是乘人之危，不能，不能说。

4 年了，她从没有收到他的信。雪梅想 ：“我怎么也得问问他看了信为什么不回话。”她抬起头，沙哑着声音说 ：“请你帮个忙好吗？星期日上午 9 点，我约他在人民公园的凉亭见面，看他来不来。拜托了，谢谢你！”

他从沉思中醒过神来，说 ：“愿忠心耿耿地为你效力，我告诉他，他一定会去的。”

“不一定吧，也许他不敢面对没有给我回信的事。”雪梅没好气地说。王玉瑶惊讶地说 ：“怎么你也给他写过信？”

雪梅的眼睛一时又滚动着泪花。玉瑶看她如此伤情，不忍心再看她流泪，急忙说 ：“今晚我就去。”

三

待说无缘分，为何巧相逢？待说有缘分，鸳鸯两离分。

不知道为什么，今天她又穿了高三毕业照相时的那身衣服，上身是碎花的翻领上衣，下身是毛蓝色的裤子。

进了公园大门，雪梅直勾勾地望着凉亭，看见那儿站着一个人。是他。不知为什么，心咚咚地狂跳起来，脸也有些发烧。走近了，他迎着她走过来，没有热情的握手和应有的寒暄。他的表情木然得像个泥胎。见状，她突然起了火，他没有一点愧疚的感觉。良久，二人异口同声道 ：“你为什么不回信？”二人又异口同声地说 ：“我就没有收到你的信。”“毕业典礼那天，我把信夹在你的语文课本里，你！你难道能看不见吗？”白雪梅气不打一处来。思宁也急匆匆地说 ：“我也是毕业典礼那天把信夹在你的语文课本里啊，你难道就没看见吗？”稍停了一会儿，“我是收到一封信，是郝桃花写给我的呀！夹在语文课本里。”“那你是同时收到了两封信？”雪梅说。

思宁说："我就收到一封呀！"白雪梅气得脸都发紫了，没好气地说："你让郝桃花告诉我咱俩不合适，你爱的是郝桃花，怎么能说没收到呢？我心想我总会看到你的。可是没有，你让郝桃花传话给我，你就那么无情，那么绝情吗？"

思宁急忙说："我没有接到你的回信，第二天下午我去宿舍找你，你已经走了，我本来想到你家，又不敢。"

雪梅气愤地说："我怎么能不走呢？第二天一早，去宿舍找你，远远地看见你俩的背影，走得那么潇洒，靠得那么贴近，头挨着头，互相看着，甜甜蜜蜜的，你说我能不走吗？含着眼泪，带着无限的忧伤，我走了，离开了这个伤心之地。"

思宁急切地说："我没有看到你的回信，我想你是不喜欢我又不好意思见我，但我没有死心，所以第二天下午我急切地去找你，你已经走了。"

"今天你肯见我，我已经满足了，又知道你曾经喜欢过我，我更满足了。"白雪梅一转身，满脸泪痕，哽咽着说。他掏出手帕送给她，擦了擦脸上的泪痕，破涕为笑，接着沙哑着嗓子说："今天我很高兴，知道了我爱的人曾经也爱过我就满足了。爱一个人何必要占有，只要你幸福，我就高兴了，祝你俩携手共进，白头偕老。"说完，流着泪，怕他看见低下了头，其实她说的哪是心里话呀！

思宁心想，我给她的信，难道是她整理书时掉在地上了吗？她急着要回家，很有可能是这样。

我粗心，害了我们，要不然，走到一起的是我们，那是多么好的结局呀！此时此刻，一切都晚了，他悲伤起来，他不情愿地接受了郝桃花的爱，现在知道了白雪梅还是那样喜欢他，他眼睛里闪着泪花，心里很激动。"我请你吃饭吧，4 年没见面了，我们一起吃个饭，祝贺我们的重逢。"

"今天的见面是我发起的，已是破格，我还是不由得要想见你，终究是见到了，"她接着说，"我知道你曾经爱过我，就够了，满足了，我喜欢过的人也曾经喜欢过我，我由衷地高兴。如果我们再一起吃饭，桃花知道了，她会不高兴的。对我也不好，对你也不好。”

“让我送你上公交车，这没问题吧！”她没有点头也没有摇头，就低头应了一声。上了车，他摆了摆手示意再见。但她心里想：“再也不能见了，就此割断情缘吧！没有必要再打扰他了。”

他挥挥手，看着远去的公交车，仰天长叹：“待说无缘分，为何巧相逢？待说有缘分，鸳鸯两离分？苍天啊！你真会捉弄人。”

四

下午，他急切地约郝桃花见面，就在公园的凉亭，这是他们常常约会的地方。他满脸怒色，第一句话劈头盖脸地问：“书里还有一封信，你怎么不告诉我？”

“我没见到别的信呀！我把信夹好赶紧就离开了。要有，你收拾书桌难道就看不见吗？”郝桃花也装作生气地说。

“可是你假传了‘圣旨’！”文思宁说。还是一脸怒气。

郝桃花一时接不上话了，她想：他一定是见到白雪梅了，该死的白雪梅，你为什么要回来？你不回来多好呀！她心里这么想，嘴上却说：“我假传什么‘圣旨’了？你说。”

文思宁今天是带着不愉快的心情见郝桃花的。他与白雪梅的误会使他陷于愤怒的状态。鬼使神差地都没有看到对方的信。他心里在嘀咕着，没闹明白事情是怎么发生的。对于白雪梅说的话，他没全听进去，但他听出来郝桃花是去了白雪梅的宿舍。他于是又问：“你去白雪梅宿舍干什么？”“啊呀呀！原来你是为这个呀。”郝桃花变出笑脸：“我们同学一场，又是要好的同学，临别就不能告别吗？我们不在一个宿舍，临别去宿舍看看她，不应该吗？”

“那你说了些什么？”他问。

“临别赠言呗！”她说。

今天是最不理想的一次会面。他心里始终悬着问号。

“我们结婚吧！现在你我都有了工作，可以办了。”郝桃花说，“要不你总是疑神疑鬼的。”

假如这话是他未见到白雪梅时听到的，也许会马上答应，而今带着这么多的疑团……他心里确实是不高兴。

“怎么不说话？”她又问。

“等我们转正了再说吧！”他说。

这是一次不欢而散的约会。

五

凭着自己的实力、刻苦钻研的精神、认真负责的态度和对患者的热心，文思宁受到方方面面的好评，如期转正。不久，他被提拔为外科副主任。

快下班了，护理部主任张燕走进来，“恭喜，恭喜！”

文思宁急忙站起来，谦虚地说：“不敢当，不敢当。请坐！”

“不坐了，晚上我请你吃饭。”张燕笑着说。

文思宁有些紧张，这是第一位请他吃饭的人。异性，又是护理部主任，她很能干，护理和用药都精通，医治水平不亚于一名医生。他抬起头看着笑盈盈的她，白皙的脸上，一双大眼睛闪闪发光，黑油油的齐耳短发，梳理得很顺畅，她一直笑着等他的回答。左嘴角显出一个浅浅的圆圆的酒窝。

他该怎么回答呢？白雪梅和郝桃花已经使他大伤脑筋，至今还未明朗，而郝桃花不断地催他领证结婚，他推着，推着……今天又做了一例手术，手术很成功，但他很累。他想推辞，但又觉得不妥，他想：我不能轻易伤人心呀！于是他说：“好的。但必须是我请客。”

“必须是我请！”她笑着说，“你知道为什么吗？”

文思宁放松了，不像先前那么紧张了，眼前的女人，不扭捏，给人以随和的感觉，他忍不住问："为什么呀？"

她咯咯地笑着："给你饭桌上分解！"

啊！这是一位活泼的主任，还很幽默、风趣。

饭很简单，一个凉菜是豆芽拌细粉，热菜是过油肉，还有小瓶烧酒、一盘水饺。

她斟满酒，放到他面前，她举起杯，笑盈盈地说："接上回分解，第一杯是感谢酒。"

他举起杯，随即说："感谢我什么呀？"

她接着说："你知道今天手术病人是我的什么人吗？"

他惊讶："不知道呀！"

"是我爸。"她接着说。

他连忙开口："那你不留在病房，还跑出来，于理不通呀！"

她笑着说："于理太通了，病房里有我母亲和我哥、二叔、三叔，他们都让我请你吃饭，表示感谢！"

他急忙问："你为什么不告诉我？"他头上沁出了汗。

她又笑着说："告诉你就坏了！你会紧张的；不告诉你，反而心平气和，有条不紊地做完手术，做得那么成功！"

这台手术，她就站在手术台前，看着他麻利的动作和准确的用刀，肃然起敬。他眼睛那么好，不近视，稳、准、利索地用刀，她佩服了。他才来了几年，就有如此精湛的技术，难怪有的家属专请他做手术。

文思宁也明白了，为什么她寸步不离手术台。

"干。"她一饮而尽，他也一饮而尽。他很高兴她肯定了他的医术，这是他非常想知道的结果。

她又斟满了酒，"这第二杯酒，祝贺你高升！"他有些受宠若惊，急忙说："谢谢！谢谢！今后还需要你多指点！"他随即一饮而尽，她也一饮而尽。

"吃菜！吃菜！不能空肚子喝酒。"随即给他夹菜。

她又斟满了酒，只是没有举起来，又给他夹菜。他礼貌地也给她夹了菜。

她举起杯，说："这第三杯酒，祝我们常来常往，友谊长青！"她又一饮而尽。可他这次不敢一饮而尽了，他佩服她的酒量。他拿起酒杯抿了抿。

正在此时，饺子上来了。她给他碟子里倒了醋，又夹了水饺。他早就饿了，手术后来到食堂，饭菜已冷，品种又不多了，他胡乱地吃了几口。是啊！怎么能不饿呢？他忘了喝酒，狼吞虎咽地只顾吃。

"来吧！把这杯喝了，我的心意就到了！"她举起杯看着她。他如梦初醒，急忙举起杯："我不能喝了，不胜酒力，我慢饮，总喝了这杯。"

"我替你喝吧！"她说着要去拿杯。

"不能替。我喝！"他说着，举起杯一饮而尽，完全是男子汉的尊严促使。他头有些晕，还清楚，他想："我得回敬人家一杯才对。"于是他边说边倒酒，"我敬你一杯！"酒却溢满了，流到桌子上。

见状，她知道他确实是喝多了，确实是不能让他再喝了，她上去夺杯，同时说："我替你喝吧！"

他捂着酒杯说："我敬你，怎么能让你替我喝？"一饮而尽，又说："我不喝就不是男子汉！做手术行，喝酒也得行。今天谢你了，知我者，张燕也。"随即趴在桌子上，一动不动。她让服务员来一壶浓茶，给他倒好，说："喝杯茶，解解酒！"

他似醉非醉，茶喝了一杯接一杯，又趴在桌上，嘴里说："借酒消愁愁更愁！"

她又给他倒一杯，心想：他有什么愁呢？刚工作几年，就当上了副主任，而且医术又那么高，年轻有为，前途无量。他似乎清醒了，扶着桌子站起来，有些歉意地说："出丑了，抱歉，请原谅！"

她把他架着，送回家。他的父母送她出来，连说："谢谢！谢谢！让你费心了。"热情而彬彬有礼的父母，看上去还很年轻呢！

第二天上班，他主动敲门进了她办公室，带着歉意地说：“昨天我失态了，对不起，让你见笑了！”

她咯咯地笑起来：“我正要去看你，向你道歉，我不该让你喝四杯。你喝两杯正好。我昨天也是高兴，没考虑你的酒量。”

他原来是怕她看不起他，第一次一起吃饭就漏了丑。听她这么一说，轻松了许多。

他告辞。她送他到门口，目送他迈着稳健的步伐走向他的办公室，心里说：连背影都这么好看！

六

李子开花满树香，凤落枝头心欢畅。英气落入宇璜家，赢得富贵福绵长。

接到王宇璜的请柬，星期日中午在凤临阁举行婚宴。

王宇璜找的是大学同学李凤英，是一名跨栏运动员，在市运会和省运会上，100米跨栏都拿了第一名。

郝桃花约上文思宁一起步入大厅，远远地就看见王玉瑶正在给嘉宾安排座位，他看见了他们，急忙走上前，拉着他们到同学桌落了座。桌边儿坐着的已经有几个人了，是新郎新娘的大学同学。

不一会儿，白雪梅出现在门口，王玉瑶热情地说，咱们同学都坐那儿，要领她过去。白雪梅一眼就看见了文思宁和郝桃花，心里像打翻了五味瓶，要就近找座位。可郝桃花满面春风地走过来，硬拉着白雪梅坐在自己左边，她右边是文思宁。郝桃花说：“老同学见面不容易，感谢王宇璜给我们提供了机会。”说着，给白雪梅倒了茶。接着又说，“你和思宁毕业后第一次见面吧！怎么俩人都不说话？我们都是同学呀！”

文思宁递过来热情而忧郁的眼神，白雪梅见状微微地点头笑了一下，此时无声胜有声。郝桃花猜测他们一定见过面。今天她说这话是想证实这一点。

沉默。他们互不问候。

开始敬酒了。王宇璜和李凤英并肩走过来，李凤英高挑身材，比王宇璜低一点点，细眉大眼，嘴角带笑，伸出酒杯笑着说：“感谢各位同学的光临！”同学们举杯胸前，说着华丽的贺词，纷纷一饮而尽。文思宁举杯，对着王宇璜说：“李子开花满树香，凤落枝头心欢畅。英气落入宇璜家，赢得富贵福绵长。”

而后也一饮而尽，说：“祝你龙凤呈祥，花好月圆。”

一首把二人连到一起的配名贺诗，成为今天最好的祝词。李凤英高兴地连声说：“谢谢！谢谢！”

王宇璜也很兴奋：“不愧是才子！不愧是才子呀！把我俩捧到天上了，谢谢老同学！”随后又问道，“你们多会儿办呀？同学们都等着喝你们的喜酒呢！”

文思宁连声说：“谢谢关心！谢谢关心！”

郝桃花却说：“应该是快了，但人家不着急，老往后推。”

白雪梅脸煞白，玩弄着衣角，不由得涌出泪水，怕人看见，急忙将手放在眼角抹着。郝桃花一直注意着她，见状，急忙递过手帕，并问：“怎么了这是？”

“刚才吃了口辣菜，不知道这道菜这么辣！”白雪梅辩解。

文思宁看在眼里，痛在心上。心想：为什么她不回信呢？不喜欢也该说一声呀！转念又一想：她要是不喜欢我，就不会有今天的沮丧！他不由得说了一句关心的话：“不要紧吧！”递过一方手帕。

白雪梅还是接过了手帕，因为那个手帕已经湿透了。她擦着泪说道：“谢谢你！”

七

人在家中坐，事从天上来。蒸蒸日上时，大难临头降。

文思宁的手术，做得越来越好。找他做手术的人也越来越多。人们都夸他是年轻有为的外科大夫，前途不可限量。

可是有一天，一群年轻人闯入他的办公室，喊道："打倒走资本主义道路的黑专家，老老实实地交代问题！"

文思宁丈二和尚摸不着头脑，硬着头皮问："我有什么错？有什么可交代的？""你给'走资派'做手术，还嘴硬！"领头的说："限你3天写出交代材料，"片刻又接着说，"老老实实地写，要不有你的好果子吃！"这群年轻人走了，他慌了手脚。

那是几个月以前的事了。急诊室推进来一位男性急诊病人，这天正好是星期日，文思宁值班。接到电话，他急忙赶到急诊室，急诊室张宁大夫已为病人做了检查，确诊为胆结石。病人流着豆大的汗珠剧烈疼痛的样子，一位女的跪在文思宁的面前，声泪俱下地说："大夫，救救我哥。"麻醉师刘秀娟附耳说："他是'走资派'！"他怔一下，没法眼睁睁看着一条人命逝去。停了片刻，他说："做，是人就得救。"

他想起来了，病人叫李稳健，为他签字的妹妹叫李雅健。

救人救下一场祸。这该怎么交代？正在为难时，张燕溜进来了，手指放在嘴上，"嘘"了一声，示意他不要说话，她低声说："你只说病人出院后才知道他是谁，我和刘秀娟打过招呼了。"说完就匆匆溜走了。

听她说的话，他如释重负。他心想：我也许遇到贵人了，一夜之间，她从护理部主任变为革委会副主任，对他来说也许是好事。

心中有了底，第二天就把检查交给了革委会。

在研究处理的会上，革委会主任王志把材料推给张副主任说："材料我看了，你看看医院的人你了解，我刚从院外来不了解，说说你的看法。"张燕看了材料，说："论人品，热情又肯帮助人；论医术，年轻且技术精湛；论家庭，父母都是工人；论交代材料，我了解，属实。"

张副主任的这一席话，最起码减轻了文思宁一半的罪过。

有人不这么看："我看他和李雅健不一般，是不是早就认识？要不然他能那么急切地为她哥做手术？"

又一人说："先圈起来，调查清楚再说。""对！"另一人附和着。主任说话了："我看呀，这个人觉悟不高是真的，认不清好赖人。放到公社医院，降级处理，接受再教育，以观后效吧！"随后眼光投向张燕，"你说呢？"

"我同意主任的意见。"张燕说，"这归根到底是内部矛盾。"

见主任和副主任这样说，大家也就表示同意。"张主任，"主任面对张燕说："这事你办吧！"张燕点点头。

八

春潮带雨晚来急，狂风吹落枝头花。辗转入泥无香味，何日枝头花重开。

在送文思宁离开的吉普车上，只有张燕和司机王师傅。过了柏油路还有一段土路，汽车在乡间的土路上吃力地行驶着。

谁都不说话，沉默。其实张燕有好多话想说，有司机在，不敢说。文思宁知道，要不是张燕告诉他怎么写检查，他只怕会有更大的麻烦。无限的感激之情涌上心头，他不由得看了张燕一眼，送去感激的目光。张燕微微地一笑，轻轻地点头。

向阳公社卫生院到了。这里是省城医科大学学生的实习地之一，路程本不远，是市郊区地段，因路不好走，显得长一些。

张燕领他下车去报道，低声说："我怎么说，你怎样做。少说话，多做事。月底休假回来领工资。"

"谢谢你，张主任！"他声音沙哑，却中肯。他还想说什么，已到院长门口。张燕敲门进去，看见她，女院长快步走过来和她拥抱，"好想你，老同学，我正等着你呢！"

"请坐。"院长说着，示意文思宁也坐下。"这位是李艳茹院长，"张燕向文思宁介绍道，"这位是文思宁，文大夫。"她接着对李院长说，"这次是医生，不是护士，不要弄错。""嘴还是这么厉害！"李院长笑着说，"我能弄错吗？真是的！"

"实习的护士刚走，你就住在那屋，现成的，什么都不缺，可到食堂吃，也可自己做。明天上班，和大家见一见！"

张燕随后说："我要走了，司机还在外面，过两天我再来。路不远，过了这段土路，上了柏油路就好走了。"

李院长急忙说："怎么不吃饭呀！"

张燕回答："这次顾不上吃，事多着呢。"同时，和李院长握手告别，又转身和文思宁握手，说："凡事都听李院长安排。"他点头。

李院长送张燕出去，他停在原地，茫然不知道该送呢还是不送。张燕示意他不要送，他明白了，目送张燕和李院长谈着话走出大门。

他的心空荡荡的，像失落了什么。

九

房间充满喜庆，欢乐甜头心窝。应是人间良缘，其实心中渺茫。

郝桃花是第一个知道文思宁被赶出医院的人。

那天她去找他。办公室空无一人，门上贴着：黑专家滚出医院！走廊里三三两两的人在议论着："敢给那个人做手术，吃了豹子胆了。""听说和那个人的妹子认识！""谁知道是什么关系！""可惜了！那么高明的医术。""哎，人心难测呀！""这下完了，一生的前途没了！"

这真是一瓢冷水浇在心窝，凉透了！她心如刀绞，泪如雨下，心想：怎么会是这样？

这天一上班，办公室冯主任通知她去革委会赵主任办公室。她听同志们说赵斌武主任是硬茬，不好惹，谁都怕他。果然，一进门革委会赵主任便劈头盖脸地说："你要和你的未婚夫划清界限，他是黑专家，你必须划清界限。能不能划清界限，这就要看你的表现了！"

这一夜，她心乱如麻，辗转反侧，怎么也睡不着。她要写一份划清界限保证书，交给革委会。她披衣起坐，铺开一张纸写起来。

第二天，她把保证书交给赵主任。赵主任皱着眉头看着：我坚决和黑专家文思宁从思想上划清界限，行动上帮助他认清自己的罪行，让他努力改造自己，重新做人，早日回到人民的队伍。

赵主任恶恨恨地说："这能说明你划清界限了？做走资派的妻子，跟他狼狈为奸，与人民为敌！这哪是是划清界限呀！这是糊弄人！"他把保证书扔到地上，接着说："你爱谁不好，非要爱一个黑专家。那么多的革命青年，哪一个配不上你？"停了有半分钟，接着说，"停职反省，划清界限了再上班。"她流着泪回到宿舍，心想，我只能和他分手了，脱离关系是最好的划清界限。可是这怎么行呢？和心爱的人分开，棒打鸳鸯两分离，这真是要我的命呀！

原本她想在周日休息时间去看他。她想：这怎么敢去呢？赵主任的消息从哪儿来的，这么快！真是没有不透风的墙！我该怎么办？我该怎么办呢？她这样想着，身子不由得抖动了一下。她陷入了沉思。蒙头大哭了一场。

之后，她平静了。她想："这是苍天对我的惩罚。"她打开衣柜，取出一个小盒，里面都是信。又看了一遍白雪梅给文思宁的信，心想：这真是爱的火山，文思宁要是看了，怎么能不坠入爱河呢！

而文思宁给白雪梅的信呢？那信写得简直是一首爱情诗，感情真挚，哪个女子看了不动心？何况白雪梅又那么喜欢他。信的结尾是一首诗：

我心爱梅三春秋，今日衷恳诉芳心。待到万紫千红时，走入殿堂迎佳人。

郝桃花又流泪了，心想：我才是棒打鸳鸯人。她似乎下了决心。她知道今天是周末，晚上白雪梅肯定回了家，便骑着车子直奔而去。

白雪梅在她小屋接待她。此时，白雪梅正在给文思宁写信："……老同学，知道你是如此的痛苦，好在能在卫生院安顿下来，事情一定会水落石出的，你要稍安勿躁，好好工作……"她把未写完的信收起来。

郝桃花一进门就哭着说："老同学，你能原谅我吗？"说着，把两封信递给白雪梅。白雪梅急忙扶着她说："有话好好说。"

"我把你的信取了，把我的信夹在他书里，又把他给你的信取了，现在把信都还给你，把人也还给你……"郝桃花哭着说，"我骗了你们俩，罪该万死。"

白雪梅看着他给她的信，悲喜交加，喜的是文思宁喜欢过她，说明自己没有看错人；悲的是让眼前的这个女人搅浑了水，造成了不可收拾的局面。她真是气不打一处来，千刀万剐也不解恨，又看到桃花哭得像泪人似的，她心乱如麻，8年来，她一直怨他没有人情味，不回信，不见她……如今她醒了，她后悔对文思宁那不礼貌的态度和生硬的语言，却又转念，把恨移到了郝桃花身上，要不是她，我们也许早就龙凤呈祥了，想着想着，禁不住泪如雨下。

郝桃花见状，也哭得更厉害了。过了一会儿，她忍住泪水说："请你原谅我！你能原谅我，就是大恩大德！"

话说到这份儿上了，白雪梅还能说什么？郝桃花接着从牙缝里悲哀地说：“我没脸再见他，告诉他，我对不起他。”

说完，面对白雪梅深深地鞠了三个躬，哭着走了。

白雪梅呆呆地坐在那里，看着文思宁给她的信，酸甜苦辣一起涌上心头，他的信像热辣辣的太阳，点燃起她心中的火。可是8年后的今天，她才看到了他的信，而她给他的信，到今天他还没有看到，误会之深，深到恨。郝桃花，果真是高级阴谋家，她要不说真相，我和思宁岂不会抱有终生的遗憾？想到这里，她又觉得应该感谢郝桃花，要不是郝桃花把信还给她，把他给她的信也给了她，让事情真相大白，到死他俩都会被蒙在鼓里。

她反复看着文思宁写给她的信的结尾诗：

我心爱梅三春秋，今日衷恳诉芳心。待到万紫千红时，走入殿堂迎佳人。

他想得多美呀！可是，这是第8个万紫千红时了……她想着想着，仿佛走进殿堂……脸上有了笑意。突然，她猛醒：我得赶快去见文思宁，让他知道真相，他会高兴死的！明天是星期天，机会难得呀！

早晨起来，她胡乱吃了几口饭，骑车出发了。她知道，向阳公社卫生院离市区60里路，不算太远，一会儿就到了。她骑得飞快，从来没有这么快过。进入土路，速度慢下来，她已是满头大汗了。

骑了十几分钟，看见大门上半圆形的字，“向阳公社卫生院”。她推车进院，院里没有一个人。

这是一个标准的大四合院，正房是西医诊室、中医诊室，东房是药房、院长室、办公室，西房是宿舍、食堂，全都锁着，只有一屋虚掩着门，她想：这一定他的……

她敲门，开门了，是他，露出一脸的惊讶。凝思片刻，没好气地说：“你来干什么？小心‘传染’！”

她笑着，她能理解他此时的心境和对她的怨气。

"我来报喜！"她依然笑着说。

"我会有什么喜？一切都烟消云散。"他依然没好气，"你赶快离开这儿！"

她依然笑着说："不让我进去你会后悔的，你不想看看当年我给你的信吗？你也不想看看当年你给我的信吗？"她随即吟道："我心爱梅三春秋，今日衷恳诉芳心。待到万紫千红时，走入殿堂迎佳人。

"佳人到此，不欢迎吗？"她依然笑着看着他，随即掏出两封信，递给他。

他看着她给他的信，脸上的表情是千变万化！

"还不让我进吗？"她依然笑着说。

"请进！请进！"他才醒悟过来，她还在门外站着呢。

他不说话，继续看信，泪水不由得滚动出来。他看到一颗灼热的心，一位爱他如此深的女人，爱了8年的"冤家"。

她还站着，笑着看他。他连说："坐！坐！"8年后的今天，他第一次热情地请她坐。他本想说：亲爱的，请坐。但他怎么也说不出口。这到底是怎么回事？

她原原本本地把昨天郝桃花见到她的情况详细说了一遍。他像是打破了五味瓶，复杂的心情难以形容。毕业典礼后的第二天的情景又出现他的脑海。

那天一早，郝桃花约他出来，漫步在校园的广场上。她问："看我的信了吗？"他答："看了！"她笑着问："能确定吗？"他说："来得太突然了，让我想想。"其实，他一直在等白雪梅给他回信。等呀，等呀，等了一年没有消息。

这期间，他给白雪梅写过一封信，但是男子汉的自尊心促使他不敢寄。白雪梅没回信，已经是给了他一记耳光，再寄出去不回信，等于又一记耳光。不要寄了吧！保留点男子汉的尊严吧！

今天，亭亭玉立的白雪梅站在他的面前，始终是笑容满面。他误解了她，而且耽误了8年时光，她有多大的委屈呀！想到这里，他不由得拉着白雪梅的手，在床边坐下，他挨着她，眼里滚着泪花说：“是我对不起你呀！”

她紧紧地握着他的手，这是8年后的第一次握手。这是心的呼唤，这是心灵的沟通，这是人世间最美的握手！她激动地伏在他的肩头，哽咽起来。这是喜悦的泪水，这是相互了解后的知心朋友。她说：“亲爱的，你不要再离开我！能吗？”她随即把郝桃花的话告诉他：“郝桃花不能再爱你了，把你托付给我，请我们原谅她。”

他没有马上回答他，心里很矛盾。他现在的情况能结婚吗？显然是不现实，可是要她等到何时呢？已经8年了！

“怎么，不能吗？”白雪梅仰脸看他，期待着他的回答。

他想：他已经伤透了她的心，要说不能，会使她更伤心。于是他鼓起勇气说：“能！”她破涕为笑了，抱着他高兴地说：“今天是我今生最高兴的一天！”

中午了，他给她做饭，下挂面滴鸡蛋，以札麻麻花炝锅，以茶代酒。

“没酒吗？”她问。

“有。”他答。“不敢给你喝。”酒杯倒上茶水。

她明白了。他怕他喝了酒，骑车……啊！多细心的人呀！就冲这一点，说明我爱对人了，她这样想。

他举杯：“这第一杯酒是原谅酒，请你原谅我对你的误解。”

她举杯笑着说：“彼此都有误会，就叫解除误会酒吧！”

“就依娘子！”他又有诗意了，“东风吹送娇娘来！”此时的他，完全沉浸在快乐中。

“暖风送我入君怀！”她笑着回答，脸微微泛红。

他又倒满茶，举杯说：“这第二杯酒是重逢酒。”一饮而尽，仿佛真得是在喝酒。随说道：“天外飞来金凤凰！”

她也举杯一饮而尽，随口说道：“凤凰来兮伴君旁！”

他又倒满茶，举杯说："这第三杯酒，愿你我百年好合，又一饮而尽。说道："龙凤呈祥富贵人！"她也一饮而尽。说："花好月圆年年春！"

房间充满喜庆，欢乐甜透心窝。应是人间良缘，其实心中渺茫。

他执意要送她。"送你上了柏油路。"他恳切地说。她没有点头，也没有摇头，也没有说话。她想：谁知何时再能相见！

推车行进在乡间的土路上，不紧不慢地走着，心里甜丝丝的。他问她："你是怎么知道我的情况的？"

"王玉瑶告诉我的。他现在是革委会主任了。他说过两天来看你，先让我向你问好。昨天郝桃花又详细地说了你的情况。"说完抬头望着他，他低着头不说话。

停了片刻，她接着说："郝桃花对你的情谊很深，她说她不能爱你了，但她要找一个真正爱你的人，替她照顾你！"她把信给了我，看得出保存得很仔细。我问她为什么不毁掉？她说，她喜欢你信中的话，特别是那首诗，仿佛是写给她的。她喜欢我信中那灼热的语言，仿佛是她写给你的，还有那秀丽的字体，所以就不忍心毁掉。末了，她说：'要是毁了就说不清了，这把信给了你，不用说都一清二楚了。求你俩原谅我，我就满足了。'"

他不语，陷入沉思。两个爱他的女人，为了得到他，郝桃花设了局，骗了两个人。痴心的白雪梅受了骗，恨透了他，而他受了骗也恨透了白雪梅，而今水落石出，他可惜郝桃花有才而无德，而深深地对不起白雪梅。

"怎么不说话了？还有什么不高兴的？"白雪梅转脸仰头问他。她见他眼里闪着泪花，又急切地问："怎么不高兴呀？"

"今天也是我今生最高兴的一天。"他说，"我是万分地对不起你，我要怎么弥补呢？"

她咯咯地笑了，脸上泛起红晕，快意地说："不要离开我，我俩永远在一起，就是最好的弥补了！”

他笑着说：“就这么简单？！”

她笑着说：“这就不简单了，终生能在一起，不要再被棒打鸳鸯两分离，就是我俩最大的幸福了。”

他心里想的是：我现在的处境能给她幸福吗？她跟我会吃苦的。

他一脸乌云地说：“我现在的处境……至少我还保留公职，保留工资，虽然是降了一级，生活还能保证，我已很感谢了。但是谁能看得起我，见了都绕道走！哎！”“我看得起你就够了，你的工资加上我的工资，足够过上好生活了，要不是老天捉弄，大学毕业或者转正后我们就结婚了！桃花骗走了我们8年，不过还好，她敢于说出真相，也算成全了我们。”

说着，她转忧为喜地说：“现在是柳暗花明又一村了，我们结婚吧！”

他万万没有想到，她就在这个时候提出结婚。此时，此地，此情，此景，现实吗？要是他能回了医院，还差不多。

于是他说：“等一等，等我回了医院再办。”

听他这么说，她变得忧伤起来。颤抖着声音说：“世事茫茫难自料，我真怕再失去你。我什么都不怕，唯独就怕失去你，你知道吗？”

他能说什么呢？他本想回了医院再办，给她一个体面的婚礼，现在办，就是将将就就，茅庵草舍迎新娘。他不忍心呀！

他把他的想法告诉了她，她反而高兴了，说：“原来你都是为我着想呀！果然是如意郎君！知我者，文思宁也！”

“那就这么定了！”说着，她高兴地跳起来，“今天我们第一次轧马路！”她跳起来，几乎是手舞足蹈，接着说，“看见柏油路了，你带我一段，我坐后面，让我体验一下你载我的滋味！这是第一次呀！”

是啊！这是8年来第一次。

已经上了柏油路，他带着她中速前进着。她高兴地说：“你终于带我了，你终于带我了！我有了带我的人了。“停！”走了一会儿，她突然说：“我们往回返吧！我带你返回土路。”她执意要带他，说：“让我尝尝带心爱的人的滋味！”他拗不过她，顺从了。

骑到土路，他说：“行了，就这儿停吧！土路不好走。”她说：“那你步行太远了，我再送你一段。”他拗不过她，他又顺从了。快到卫生院时，他说：“停！”跳下车，说：“行了，你赶紧回吧！”她停下车说：“我回去就和我爸妈商议领证的事，我们下周就把证领了。”

她目送他歪歪扭扭行进在土路上，她不停地回头挥手。

十

棒打鸳鸯不分离，爱在心底伤心泪。此心遭受万针扎，淑女难嫁如意郎。

晚上，白雪梅迫不及待地向她的父母提出和文思宁领证的事。

“谁？文思宁！”父亲一听，怒目圆睁，“黑专家，不行！”

“爸！他不是黑专家。”白雪梅解释，“他是给一个人做了个手术。”

“不是？”父亲递给她一张报纸接着说：“你看看报上是怎么说的。”父亲怒气冲天。

白雪梅接过报纸，一眼就看见醒目的标题：“打倒黑专家文思宁。”

白雪梅委屈地流着泪说：“做了个手术就是黑专家了？”

父亲没好气地哼了一声，父亲白永清是市卫生局革委会主任，这事怎么能瞒得过父亲？她不是想瞒，她始终认为文思宁是冤枉的。

母亲的心软了，面对父亲低声说：“好好说话，慢慢解决。”

随后，母亲面向雪梅：“给妈详细说说情况。”白雪梅和盘托出他们8年来的故事，随后流着泪说：“我认定他是好人，他是冤枉的。”

母亲李月仙是市图书馆馆长。这个家庭能容得下女儿找个黑专家吗？她柔声说道：“这关系你的未来，你的前途。妈也不同意，妈给你物色一个好人家，听话啊！”

她万万没有想到，棒打鸳鸯的是父母。她仰天长叹：苍天啊！你戏弄我们还不够吗？

夜，这个三口之家不平静。女儿在自己的屋里哭泣着。白永清和李月仙心里不平静。谁不心疼自己的女儿呀！女大当嫁，但要嫁得合适，嫁给文思宁，这不是自讨苦吃吗？

“给她介绍个好男人！”白永清对妻子说。

“我也是这个意思！”李月仙回答。

周一，白雪梅正常上班。心在流泪，脸在笑。王玉瑶看见她走进楼门，三步并作两步地走过来问：“昨天见到他了，他好吗？”

“好，而且我们重归于好了！”她说。她把郝桃花和她见面的事原原本本地说了一遍。

“我的疑团解开了，你们原本就是很合适的一对。”他说话的声音有些不流畅，“那你们什么时候办呀？”

白雪梅的心，像被锥子扎了一下。她硬着头皮说：“打算先把证领了！”

王玉瑶说：“祝贺你们，有情人终成眷属！”其实，他说的不是心里话。他多么希望文思宁和郝桃花成了呀！那他就敢向白雪梅表白心迹了。如今这份爱还得压在心底，不能表现出了。

俗话说：杀鸡给猴看。可是猴子不看怎么办？

白永清是说到做到之人。不久，他就为女儿挑好了佳婿。男孩本科毕业，从事外贸工作，说话谈吐不凡。他和妻子商议，并让妻子看了男孩的像，妻子满脸高兴。

“你和女儿说，这个星期天见面！”他说。

晚饭后，李月仙走进女儿房间。

“你爸给你看好一个人。本科大学生，在外贸公司上班，人不错。周日见面！”

女儿一听，像针扎了一下，心想："真要逼上梁山了。"没好气地说："不见不见！我谁也不见！除了文思宁，我谁也不嫁。"

听女儿这样说，她的心里也不是滋味。她知道女儿认定的事，18 辆车也拉不回来！这可怎么办呢？她突然想到应该让女儿先看看男方的照片。她急忙跑出来，拿上照片又进来，递给女儿看："你看，小伙子挺不错呢！"

白雪梅不看也不接。李月仙流泪了。这是她第二次为女儿流泪——女儿考上大学离开她时她流了泪，虽是离别，然而那是喜泪，那泪中含着多大的希望呀！而今这次流泪，是伤心泪。她心想，只要见了，也许能看准小伙子，那就好了；如果看不上，也圆了场面。于是她说："你见一见，给你爸个面子。"

看着母亲伤心的样子，白雪梅心软了，点点头，算是答应。

介绍人带着小伙子如期而至。

白永清夫妇热情地为客人点烟，倒茶，并向女儿介绍："这是你李叔。"

雪梅绷着的脸，勉强露出笑意礼貌地说："李叔，您好！"

李叔急忙转身面向小伙子给雪梅介绍："这是李腾飞。"随后又加了一句："像他的事业一样正在腾飞。"

"李叔，请坐。"雪梅说，心却飞到了卫生院。他可能在等她去呢！甚至在等她带去领证的好消息。可是她能去吗？她该向他怎么说呢？她在周旋，她想：思宁呀！你耐心点，这一次我说什么也不能再失去你。

父母和李叔说了些什么，她一句也没听进去。只听父亲说："你李叔，走呀！"她如梦方醒，急忙站起来："李叔慢走，李叔慢走！"只听李叔和父亲说："之后联系吧！"

……

母亲问雪梅："怎么样？"

雪梅说："什么怎么样？"

母亲问："李腾飞怎么样？"

雪梅答："不怎么样！"

李月仙流着泪不语了。心想，女儿要找一个什么样的人呢？

十一

他教她做数学题，她看他的日记本。数学题引深了情感，日记本看透了心愿。悠悠岁月呀！留下了难以说清的怀念。

郝桃花是精明之人。她知道赵斌武的爱人病故离世。从他的眼神中，她看出了他对她不怀好意，而她对他连万分之一的好感都没有。她下意识地觉得他让她划清界限另有目的，她必须赶在他提出来前找到自己的意中人。只要找的不是可疑分子，他赵斌武就没说的。于是她想到了王玉瑶。

实际上，她并不是第一次想到王玉瑶。他和王玉瑶同桌3年，她太了解他了。王玉瑶是班长，门门功课都好，尤其是数学，什么难解的题都难不倒他，在班里有数学大王之称。此外，政治学得特别好，尤其是哲学。他常说：三人同行都有先进、中间、落后之分。说得太对了。他喜欢音乐，但自己不会唱，也不会弹，但是他很想听别人唱，尤其爱听她唱，有时候入迷到……真难形容。

有一次他去打水，她翻开他桌上放着的日记本，无意中看到一首诗：

桃花开处散芬芳，芳香润我心舒畅。若得桃花永留存，乐死无能一书生。

她看了乐开了花，悄悄地写在自己的日记本里。其实她真的喜欢他，只不过是排第二。

她给他打了个电话："下了班我去找你，我请你吃饭，有事请你帮忙。"

听筒里传来对方的声音："不要过来，就到咱们路途中的红旗饭馆就行了，有一半的路程，下了班同时出发，10 分钟就能见面。”

她好感动。他考虑得这么周全，怎么原来就没发现呢？

坐定，点菜。很简单：一碟花生米，鱼香肉丝，小瓶烧酒，一盘水饺。

“什么事这么急？！”菜还未上，他急促地问。

她不语，低头摆弄着衣角，眼里滚动着泪花。她心乱如麻，理不出头绪该怎么说。

沉默良久，菜已上齐。他斟满酒，推到她面前。她依旧低着头，泪却顺着脸颊流下来。

“我们先吃饭，不说。”她擦了泪，举起杯，一饮而尽。“老同学，让你见笑了。”

她给他倒满酒说：“这杯我敬你，敬你能来。”又一饮而尽，“吃菜吧！不能空肚子喝。”

“究竟怎么了，这么伤心！”他问。

她眼泪哗地一下流下来，急忙用手背擦。他忙掏出手绢递给她。

她哭着说：“我不知该怎么说。”

“怎么说都行。老同学了，不要见外。”

见他这样说，她仿佛放大了胆，开口却更加语无伦次：“把你借给我，或者把我给了你！”

他被她说懵了，便说：“你慢慢说，我理解不了。”

“你能爱我吗？”她大着胆子说。

这句话简直是喜从天降！他对她的爱压得很深。同桌 3 年，越来越感觉到她的优秀：学习名列前茅，出色的女高音，优秀的播音员，优美的身材。他自觉他比不上文思宁，文思宁给她的伴奏是天衣无缝。谁都说他俩是天配的一对。可是那天白雪梅和他说：“郝桃花不爱文思宁了？”简直不可思议。

她见他不回答。大着胆子诵读了他写的诗：“桃花开处散芬芳，芳香润我心舒畅。若得桃花永留存，乐死无能一书生。”

啊！她看了他的日记。其实他的日记本是专门放在桌子上想让她看的。但是他一直以为她没看到，因为她一点反应都没有。

“你偷看了我的日记。”他问。

“是的，所以我今天才敢来找你，敢问你！”

他依旧不回答。陷入沉思。他爱过她，曾经是辗转反侧睡不着。他日记里为她写的诗，放在桌上，就是想让她知道。他想：学校不让谈恋爱，而这种事情也只能暗示，哪能明说呢？要是顶了，那多没面子呀！

现在她提出来了，可是我敢爱吗？她偷梁换柱骗取爱情，又把文思宁蹬了，想起来都可怕。

她见他许久还是不说话，于是便说：“我错了，我对不起文思宁和白雪梅。”她将文思宁、白雪梅的情况和赵斌武主任逼她和文思宁断绝关系的事儿，详细说给他听。

说完，眼泪止不住地又流下来，接着说：“我错了，我现在把信还给了他俩，我请白雪梅原谅我。倒霉的我遇上了赵主任，他贼眉溜眼地看我，他不安好心。果不其然，昨天他把我叫到办公室。他说他妻子病故了，单身一人真不是滋味，知道我是一个好青年，敢于和文思宁断绝关系，是好同志，愿意和我结为伴侣……我预料到他会有这一套，就急中生智地说我有了结婚对象。他急了，摆出不愉快的神情。停了好一会儿，他突然问是谁，我没法回答，但我急中生智说到时请他喝喜酒。我不敢再待下去，出了门，听见他重重地拍了一下桌子。”

听了她的述说，王玉瑶的同情之感油然而生。俗话说，浪子回头金不换。能大胆承认错误就是好同志。他不但开始原谅她了，而且萌生了同情。

见他不说话，她大着胆子说：“玉瑶，只有你能救我，我今天不要脸了，其实我早就没脸了。”她停了一下，擦掉脸上的泪水，把手帕还给他，又接着说：“你如果敢爱我，我们就结婚；如果你不敢爱我，我们就假结婚，坚持3个月离婚，不动你半根毫毛；如果你都不同意，看在我们多年的同学交情上，把我调到你这个单位好不好。”说完低头用手背擦泪。

他该怎么说呢？她遇到这么大的麻烦，能不管吗？何况她因为爱他才来找他，而他本来就喜欢她，而今天她说了这些，打消了他不敢爱她的因素。她有错，她说能改，被逼上梁山的她，能机敏地扛过复杂的局面，再不保护她，还有谁能保护她？

她见他不说话，接着说：“我说的每一句话都发自肺腑。你不是常说：惩前毖后，治病救人吗？在我身上难道这句话就不灵了吗？我能改，我一定能改。”

见她如此诚恳，王玉瑶最后一点顾虑也打消了。他说：“调动一时半会儿办不下来，也不解决问题。如果他不放人，不签字，会使你更被动。假结婚也不是办法，让人知道了更麻烦。唯一的办法是领证，这样，能堵住赵斌武的嘴。我们经常见，而且关系也不错，领证之后我们请他喝酒，那就一切都不成问题了。但你得答应我一件事：亲自去给文思宁道歉，我们一起去，大家说开了，以后还要常来往的。我们的事，保密，等文思宁结婚了我们再办，或者同时办。”

她破涕为笑了。不断地点头，有些不知所措，手在空中绕了一下，拿起酒瓶，斟满酒，举给他。自己也端起酒杯高兴地说：“费尽周折找郎君，举杯感恩眼前人。花前月下永相依，重棒击来不分离。”

他和她一同饮尽杯中酒，高兴地说：“久等裙钗无回音，佳音突飞我心中。天公佑我美娇娘，花好月圆福绵绵。”

她绕过桌，坐到他身旁。她觉得她是世界上最幸福的人了，不由得把头靠在他的肩头。

十二

借酒消愁愁更愁，抽刀断水水更流。一曲奏出伤心泪，何时能圆春心梦。

又是一个风和日丽的星期天，文思宁下定决心要去看白雪梅。昨天夜里，他翻来覆去地睡不着，说好要领证的，怎么就没有她的消息了？

一早，他骑着车子向市里飞奔。当他停在小院门口时，听见里面正在大吵。“你这个也看不上，那个也看不对，难道你要嫁皇帝吗？”这是一个女人的声音。

“妈！你们不要逼我，我除了文思宁谁也不嫁！”这是雪梅的声音。

“你要气死我们！”这是男人的声音，“他有什么好！从城里被赶到农村，你要一辈子跟着他在那儿生活吗？”

“爸！你怎么能这样说？”这是雪梅的声音，“就凭他给人做了个手术，就能定成黑专家了？”又听见白雪梅哭着说，“我等。”

“你等？不行！女大当嫁，你不嫁，世人会笑话我们的！”

他再也听不下去了。可怜的雪梅呀！你为我付出太多了！他不由涌出了泪水。原本想和雪梅去逛逛街，去商店看看，给她买些什么，俩人再一起吃个饭。不知为什么，他今天特别想见她，自从上次见面之后，他满脑子都是她。现在他慢慢地蹬车往回返，他哪儿也不想去了，心太累了，需要休息。

白雪梅赌气跑出来，远远地看见他远去的背影，高声喊：“文思宁！文思宁！文思宁！”他根本听不见。她返回院里推车，想去追他。正赶上妈妈出来追她，硬把她拉回屋里，厉声说道：“你哪也不能去，下午等人家来。”

文思宁回到宿舍，怎么也睡不着，心想：原来她又遇到了这么大的麻烦，她能挣脱吗？不能！干等也不现实。苍天呀！你让我怎么办？他心里反复地念着。最后他决定给她写封信，告诉她，不要再等他了。

又是一个星期天，整个大院空荡荡的，就他一个人，他想起了他的手风琴，于是搬了把椅子，坐在院里自拉自唱起来：“在那遥远的地方，有位好姑娘……她那美丽动人的眼睛，好像晚上明媚的月亮……她那粉红的笑脸，好像红太阳……我愿做一只小羊，坐在她身旁，我愿她拿着细细的皮鞭，不断轻轻打在我身上……”这是发自内心的声音，他仿佛看见了王洛宾和那藏族姑娘依偎在马背上奔驰，看见那藏族姑娘用皮鞭轻轻地打在他身上，嬉笑地跑走了……

这是一个真实的故事。可是他们谁都没有表白。姑娘和阿爸说，她要嫁一个汉人，像王洛宾那样的人。实际上，她正深深地爱上了王洛宾，而王洛宾也深深地喜欢这位藏族姑娘，就是没有表白。阿爸给她介绍过好几个对象，她都拒绝了。她心里只想着王洛宾。当王洛宾又一次来到姑娘所在的地方时，姑娘已离世了。享年 32 岁。

想到这里，文思宁出了一身冷汗。他想到雪梅，他后悔寄给雪梅的信，有些绝情，别再伤害了她。啊！该死的文思宁，该死的文思宁！想着想着，不由得落下了泪水。不由得仰天长叹一声：“苍天啊！请你保护好雪梅，我那可怜的雪梅！”

他突然发现，眼前站着一个人。已哭成泪人的他，睁大了眼，是她！是她！是他的雪梅，是他的雪梅……

他拉着她的手，进了屋，紧紧地抱着她。她推开他，没好气地说：“你坏！”他听言，戳着自己说：“我坏！我坏！”她急忙伸出手堵住他的嘴说：“不让你这么说！我不相信。”

“你是一个不近情理的人。”她说，“所以我说你坏，骑着车子离开我家门口，我怎么喊都不停下来，又给我写了这么一封绝情的信。”

他急忙解释说：“我去看你，正准备敲门，听见你们吵！唉！听见你们吵，我心在流泪，身在颤抖。你为我几经波折，我又出了这么档子事，你的家庭又这么不理解我们，我让你为难到几时？所以我给你写了信，我是好意。”

她接着说：“你是好意，可你知道多么伤人心吗！我们是几经波折才走到一起，人虽远，心却贴近，这就够了，我心满意足了。我想：我们是柳暗花明又一村了。不想又遇棒打鸳鸯，我是棒打鸳鸯潜水中，暗度陈仓等天明，而你呢？经不起风吹雨打！”

他急忙捶胸：“我是为你！”

她打断他的话：“我怎么做，你跟着怎么做，这才叫为我！”

多么坚强的人！多么忠贞的人！他想，我还能说什么呢？

他流泪了，被她又一次感动了。她流着泪抱住他说：“我们既然认定了彼此，要经得起考验！”

“我会等，只是不知道委屈你到几时？”他说着，给她擦去了泪水。

“我是海枯石烂不变心。”她说。

“我是坚守地下等天明。”他说。

他俩流着泪，会心地笑了，笑得是那么甜。其实心里是那么苦。

十三

风雪交加的夜晚，急促的敲门声。

他正要睡，听见敲门声，急忙下地问：“哪位？”

“我！”是李院长的声音。

他急忙开门。李院长喘着气说：“我爸急性阑尾炎，痛得死去活来！”他看见小平车上躺着一个人，哀痛着，一个男子架着小平车。他急忙问：“你怎么知道是急性阑尾炎？”

“多年的慢性阑尾炎，今天下午突然厉害了，怎么办？文大夫，来不及送医院了，路又不好走。”

“麻醉药、手术刀有吗？”他问。

“有！从来没用过。”

“好，推到输液室，手术。”

“哥！”院长说，“推到上房。”于是三人把病人推到门口，架到床上。

“哥，你把炉子捅开，加炭！”她随即取出手术器械、麻醉药。

“你爸在哪儿上班？单位不来人吗？”文思宁问。

“我爸在供销社上班。没通知单位，顾不上了。”文思宁心里清楚了。

手术非常顺利。李院长看见文大夫稳、准、灵巧的动作，不戴眼镜，缝合时穿针引线的手比女人的还巧，佩服之情油然而生。她庆幸卫生院来了这么一位好大夫。可是怎么能把他拴住呢？

“给你爸输点液吧！手术环境不太好，怕有炎症。”他说。

“这个我能，你休息吧！”

文思宁不肯离开，他要看着顺利输上液。

李院长动作麻利，特别是进针时那么轻轻一点就成功的手法，令他感叹。他想：在这村野之地能有这样的医护人员，真是一方之幸！

“你快休息吧！今天真是谢谢你！”李院长说。

“应该说谢谢的是我。”文思宁说，心想，这么简陋的条件，敢让我做这样的手术，真是……

李院长抬起头不解地问：“为什么？”

文思宁笑着说：“感谢你的信任！”

她咯咯地笑了，“要是没有你，等送到市里……还是我谢你才对，你是我的救护神。”他心想：她是我的保护神。

他向输液瓶看了一眼说：“注意不要快了，输上3天吧！”然后走出门。

她目送他走回房间。看着那高大的背影、挺直的身材、稳健的步伐，心想：多好的小伙子！

第二天，文思宁起不来了，全身像是散了架似的，没有一点劲儿。

这一夜他没有睡好，他有些后怕，环境简陋，人员不足，灯光昏暗，真要做不好，那可怎么办？不做是不行的，风雪的夜晚，路途的艰难，时间的紧迫，这是救命啊！什么都不能考虑。然而手术是做好了，除了他精湛的技术、熟练的操作，主要的是李院长，她不仅是麻醉师，而且充当了助理、护士，她眼睛灵动，需要什么，不说便知……

他突然听见敲门声。披衣开门，进来的是李院长，手里提着饭盒，笑着说："我知道你累了，今天休息吧！这是你的早餐。"说着把饭盒放在桌上，伸手摸他的头："呀！这么烫呀！你快上床睡吧！你是感冒了！"说着，扶他上床睡下盖好。把炉子生好，把粥和包子热了一下，让他吃。又去药房取来药，让他服下，然后离去。文思宁想：这是来这儿，第一次温暖的体验。她真细心，上午 11 点半，又送来一碗热腾腾的汤面和荷包蛋，说："趁热吃，农村人说出出汗就好了。我让食堂现给你做的。"

说完，往炉里添炭。

文思宁感动地说："谢谢你！自我母亲离世后就再也没有吃过这样的面。母亲在世时，我一感冒，母亲准给我做一碗这样的面。还真灵，吃完蒙头睡一觉，真就好了！"说着，眼里滚动着泪花。

"文大夫，没关系！"她安慰他说，"以后你想吃，我给你做！"待他吃完饭，躺下，给他掖好被，方才带着餐具离开。临走说："晚上我给你送粥来，你不要去食堂。"

他有些不好意思，忙说："不用了，我好了！"但她已出门，他的话虽已听见，但她不回话，当作没听见。

他身上已经轻松了许多，他想：我怎么会感冒呢？真不成器！

正在想着，院长来了，提着餐盒，笑着说："我妈给你熬了红豆粥。"说着取出馒头、咸菜，把粥倒入碗里，"吃吧，趁热！"

"你吃了没？"文思宁问。

"没呢！我怕冷了，先给你送来。"文思宁一听这话，狼吞虎咽地吃起来，

“不急，不急。”院长急忙说。

“我怕你回去饭冷了。”文思宁说。

“冷了不能热吗？方便的。”她笑着说，片刻又说，“我爸很好，他都不想输液了。今天输完液就回家了。”

文思宁一听，急了：“不能不输，手术环境差，人手又少，不得已而为之。明天输完液，化验一下，告诉老人，要听我的。”

院长边收拾餐具，边说：“他不听我的，但肯定听你的！”说着带着餐具出门，回头笑着说：“好好休息，做个好梦！”

“谢谢院长！”他感激地说。

十四

周日，李艳茹奉父亲之命请文大夫来吃午饭。

当她走到卫生院大门口时，院里传来优美的歌声，手风琴的伴奏是那么和谐、流畅：“在那遥远的地方，有位好姑娘……”

她不忍心打断这优美的歌声。从门缝望去，只见文思宁在自拉自唱，那神情简直是……

文思宁换了曲子：“可爱的一朵玫瑰花，赛帝玛利亚。今天晚上请你过河到我家，喂饱你的马儿带着你的冬不拉……等那月儿升上来，拨动你的琴弦，哎呀呀，我俩相依歌唱在树下……”

李艳茹轻轻推开门，慢慢地走到他身边，他又换了曲子：“仰望着高天上的流云，怎不思念……”他弹着，随即抬头，发现了她，急忙站起。

“我从大门外听到你跟前，你都没发现，真是出神入化呀！”李艳茹咯咯地笑着说，“英俊的人弹出美妙的歌声，真不忍心打扰！”

“对不起！抱歉！”文思宁急忙说。他真的没有发现她进来。

“是我对不起你，打断一个人美好的回忆是多么不应该！”李艳茹幽默地说。

他该怎么说呢？此时的他，确实在思念白雪梅。嘴里却说：“这是我高中时文艺汇演唱的歌，让你见笑了。”接着话锋一转，“老人怎么样？”

“非常好！完全康复了！我爸特意叫我来，请你吃顿饭。”

“不用，多心了！”他急着说，“你爸真的多心了。”

“我爸是真心的，你要不去那才是多心呢！”她着急地说，“我爸说你救了他的命。那天要是往市医院送，天寒地冰又下着雪，土路颠簸，柏油路漫长，赶去了也没命了！幸亏来了位外科大夫，胆子大，手又巧，心又细。”

他该说什么呢？再不去，恐怕真会伤老人的心。

出了大门向右走，不远便是一座小桥，桥下的冰早已融化。仲春的暖阳，给人一种舒服的感觉。他说：“夏天，这儿一定很美吧！”

“是啊！”她接着说，“小河轻轻流，鱼儿水中游。青蛙阵阵唱，鸭子水面浮。”

不知道为什么，她今天特别高兴。也许是能和他一起漫步的缘故吧！

他想，真会说，颇有诗意。

她仰头问他：“你觉得美吗？”还没等他回答，她接着说，“岸上垂柳丝丝，偶然听见黄鹂的鸣叫，真是赏心悦目。”

“是的。”他说，“真是太美了！”

她看着他笑着说：“看来这儿有你喜欢的风景。那么……”她本想说，“那么，这儿有你喜欢的人吗？”但话没出口，却改成：“假如让你留这儿，你愿意吗？”

听她言，他突然想到在城里苦等他的白雪梅，一时接不上话。

沉默良久，他说：“我听从组织安排。”

她听言，哈哈大笑起来：“堂堂省城医科大学附属医院的优秀的外科大夫，医院能放吗？真是的！”

她当然不知道他有白雪梅，她是真心想把他留住。

她想说：我爱你，你能留下吗？但这话怎么能说得出口呢？想改成“有人想让你留下，能吗？”转念一想：这也不妥，他是聪明人，一听就知道……

良久，她长叹一声。他急忙问：“院长，怎么了？”

“你要是走了，再没有一个人像你这样能支撑场面了！”这哪是她的心里话？但她只能拿这句话圆场了。

……

过了桥右拐，沿着河边大路，不到10分钟就到她家了。

这是一个标准的农家小四合院。看见文大夫进了院，两位老人急忙开门，笑着让他进屋。

室中央摆好方桌。凉菜已摆上桌，酒壶、酒盅已摆好，锅里烩着菜，另一口锅在旁边温着，大红柜上圆盘里罩着饺子，大锅里冒着热气。

文思宁想：这些要两位老人忙乎一上午，甚至昨天就张罗上了。

李老爷子招呼他坐下，笑着说：“不会做，做不好，多包涵。”

院长斟满了酒说：“我爸说你吃不上鱼，特意给你做了条鱼，尝尝。”说着，鱼就上桌了。

四人围坐。李老爷子举杯：“第一杯酒，感谢文大夫能光临寒舍。”一饮而尽。院长也举杯一饮而尽。“真感谢你能来！”“我深感盛情难却。”文大夫说着，也一饮而尽，连说，“谢谢！谢谢！”

李夫人举起杯面向文大夫说：“文大夫，我不会喝酒。”抿了抿，下饺子去了。

“动筷，吃菜！”李老爷子说。

院长夹鱼给他，同时说：“平时你吃不上，多吃些！”

他说什么好呢？感谢之情，油然而生。凉菜是绿豆芽、海带丝、黄花菜、细粉、萝卜丝，味道可口，色香味俱全。热菜是标准的农村烩菜，红烧肉块、粗粉、土豆块、豆腐，真有食堂吃不到的味道。许久吃不上的鱼，更见主人家的一片心意。

“鱼的味道真好！”给李老爷子夹了一块，同时说，“祝您家庭幸福，年年有余！”又给院长夹了一块，说，“祝你运筹一方，吉庆有余！”

说着话，老夫人端上水饺。他急忙给她夹了一块鱼，并说：“家和吉庆多！”

说着举起杯：“我敬二老，感谢二老的一片心，为我付出这么大辛苦。”转过身对着院长，“感谢你对我的信任！”

李老爷子笑盈盈地说：“说感谢应该是我们，谢谢你！要不是你，恐怕我已到阎王爷那儿报到去了！”说着一饮而尽。文思宁也一饮而尽。院长说：“我从内心感谢你，你那天完全可以拒绝做，可是你没有，而且是主动安排……你可要好呢！”说着一饮而尽。

他高兴，这欢乐的场面、和谐的气氛、真诚的语言，是他从来没有遇到过的。喝酒、吃菜、吃水饺。同时，你敬我干，我敬你干。酒杯在欢乐中碰着，心灵在愉快中交流……最后，都趴在桌子上不动了。

李夫人把他们一个一个扶到炕上，盖上被子。看着文思宁英俊的脸，又想到他高超的医术，喃喃地说：“茹儿有这个福气吗？”

李老爷子和院长必定是好酒量，一会儿就醒了。赶紧沏好茶，叫醒文大夫，说：“喝杯茶，解解酒！”文思宁坐起来，发现自己在炕上，心里又添了一份感激之情。

文思宁喝了杯茶，看了看表已近下午5点，随即说：“告辞了，今天太打扰了，又喝多了，失态！抱歉！”

李老急忙说：“我高兴，喝多了才不见外，只要不难受就好。常来，啊！”

送走文大夫，母亲笑着问女儿：“怎么样？”

“什么怎么样？”女儿反问。

母亲坚定地说，“小伙子挺不错。”

“妈！”女儿急了，“我比人家大3岁呢？哪能！”

“怎么不能！女大三抱金砖，这么好的人，你要喜欢，妈给你找人说合。”老人说。

农村人有这个说法：女大三，抱金砖，她确实不在乎。但她此时突然想到了张燕，张燕送来他是让实习锻炼的。一再叮咛，让她照顾好他。她下意识地感到张燕对文思宁不一般。

“啊呀呀！自己几乎要插进去，这怎么能对得起老同学呢！不仅不能吃肉，连锅里的汤也不能喝！”她这样想着，赶紧对老人说，“不能找人，我感觉人家有了！”

“谁？”老人着急地问。

“张燕，我那位老同学！”

“唉！”老人长长地叹了一口气。

十五

文思宁高超的医术传开了。

有好几个疝气病人挂号，请求院长让文大夫给做手术。

卫生院在公社所在地。这是一个大村庄，而散落在周围的村庄，近的二三里，远的5里，最远的8里。在这儿做手术是近水楼台先得月。这么好的大夫，大医院也不过如此。

有这种想法的人很多。他们想：院长的父亲都让文大夫做，我们还怕什么？

李艳茹是个细心人，而且善于规划。她把中西医药房合并在一起，腾出一室做手术室（含处置室），按大医院做法严格要求：消毒器械，照明都是一流的。而且她亲自做麻醉师，同时又培训了三名护士配合文思宁做手术。手术台台成功，得到患者和家属的好评。人们都相信文思宁是好外科大夫，甚至找他做剖腹产手术。

文思宁告诫自己：不能出丝毫差错，一点也不能大意，要对得起每一位患者和家属。更加不能给张主任和李院长丢脸，那是两位恩人呀！

十六

静观人世间，犹如天上云。往来无定准，任风吹去来。

王玉瑶的精明，令许多人心中赞颂。

他升任革委会主任之后，对上级的指示严格执行，但责令自己工作要过细。

王玉瑶的工作作风，可以说是郝桃花第一个观察到的。

王玉瑶心想，在清水市工作的就5个同学。王宇璜过着平静的教练生活，贤妻为他生一男孩，可谓称心如意。不安宁的是文思宁、郝桃花、白雪梅的爱情纠葛，而郝桃花和自己又有了这档子事。在郝桃花走投无路的时候，他为她撑起了伞。这个事好朋友文思宁能理解吗？而白雪梅和郝桃花的纠葛能烟消云散吗？冤家宜解不宜结，大家都是同学，还是要往一起拢，于是他给郝桃花通了电话，又告诉白雪梅本周日一起去看文思宁。

郝桃花本不敢见文思宁的，但她又心生思念，何况有王玉瑶这把伞，她相信王玉瑶能够化解矛盾。

至于白雪梅，她是经常去看文思宁的。但结伴去，这是第一次。她当然想去了，也想听听郝桃花怎么说。

关于他和桃花的事，暂时隐入地下，他要等老同学文思宁和白雪梅结婚，甚至要和他们同时走入殿堂，才算对得起人家。

快到卫生院，就听见了悠扬的手风琴声：是《在那遥远的地方》……走到大门口时变为《莫斯科郊外的晚上》……三人推车进院，文思宁自拉自唱，还浸沉在优美的乐曲中。

“思宁，看谁来了？”白雪梅提高了声音说。

文思宁如梦方醒，放下手风琴，迎过去，首先握着王玉瑶的手：“你还敢来！”

“我怕什么？”他赶紧说，“你是因为内部矛盾，我去问过张主任。”他又和郝桃花握手，都没有说话。最后和雪梅握手，雪梅感到他的手是紧紧地握着她的手，一股暖流充满全身。

“快进屋！”屋子不算小，是标准的农村两间大屋。屋子干净，布局合理——一张床、一个书架、两把椅子，一个饭桌配着两把椅，外加一个碗柜。

坐定，文思宁给来人倒茶，“路远累了吧！喝茶。”

面上是应付着场面，心里却像打翻了五味瓶。一个是曾经深爱他的女人，如今飞了；一个是一直深爱他的女人，而今过着凄楚的不能爱的生活；一个是要好的同学，而今虽已飞黄腾达，却老惦记着老同学。他恨爱他爱得死去活来的郝桃花，说蹬了他就蹬了；他又可怜真情实意地喜欢他，而在当今形势下顶着压力不离不弃他的白雪梅。想着这些，他长长地叹了口气。

两个女人像被针扎了一下。心里更复杂的王玉瑶却吟出了一首诗：“静观人世间，犹如天上云。往来无定准，任风吹去来。”

文思宁听吟，心想：这是给我的写照。

郝桃花想：这是我的写照。

白雪梅想：这是我的写照。

王玉瑶接着说：“我早就想来，但一直没来，我多次去医院革委会和两位主任探讨你的事，我和他俩经常在市里开会碰面，也熟了，我觉得张副主任对你是同情的，正主任是从医大过来的，自认为对院里不熟悉，听张副主任的。他俩已达成共识：你以内部矛盾处理，认定你是因为划不清界限犯的错误，本想让你回去，又怕现在回去再出什么纰漏就麻烦了，张主任几次来这儿，了解到你工作得心应手，已经站住了脚，所以决定再让你待一段时间看看。这就是我今天才来的原因。”

听王玉瑶一席话，文思宁一股感激之情油然而生，诚恳地说：“谢谢老同学！”

王玉瑶喝了口茶，接着说："这两位女同学，都是为你走到了今天这一步，桃花因为爱你做了狸猫换太子的手脚，这是不应该的，当赵斌武逼她划清界限，和你断绝关系时，她又果断地把信交给雪梅，求雪梅照顾你，她勇于承认错误，才使真相大白，功过抵消，还是同学吧！不要不认！”说着停下喝了口茶。

郝桃花此时已是泪流满面，不断地用手帕擦泪。

王玉瑶又接着说："白雪梅喜欢你，又没有胆量直接表白，写了封信，夹在你书里，而你也没胆量表白，写了封信夹在她的书里，8 年后收信人才收到信。这才叫‘反害了卿卿姓名’，误了青春，误了大事，落了不该有的误会。要不是桃花大胆地露出了信，你和雪梅会终生遗恨而不明真相，埋怨对方。从这一点看，你俩都应该感谢桃花。”说完又端起茶杯。

白雪梅流泪了，文思宁也流泪了，郝桃花已是泣不成声。这真是：听君一席话，胜读十年书。

白雪梅和郝桃花抱头痛哭。文思宁扶着她俩的肩头也哭了。

王玉瑶含着泪说："老同学见面，应该高兴才对，过去的事，一笔勾销，我们都应重新开始，寻找我们新的生活。”

文思宁首先破涕为笑说："你们来看我，应该是欢聚一堂，高兴才对！我做饭，我们喝酒！”桃花和雪梅突然想起来车子上的东西还没有拿，于是都出屋，把车子上带的东西拿回来。全是吃的：香肠、牛肉罐头、鱼罐头、饮料、水果、醉油饼等。是丰盛的一餐了。把餐桌移到床边，四位老同学围坐喝酒，吃菜。这是毕业 8 年后的一次室内聚会。是消除了误会、解开了疙瘩、恢复了情谊、增进了友谊的一次聚会。

十七

心中难舍意中人，偷换概念保真情。求得终生能见面，何必非得共枕眠。

高音喇叭播出了粉碎“四人帮”的消息。群众自发组织的锣鼓队、秧歌队走上了街头。锣鼓奏出了欢乐的歌声，红绸舞出了喜庆的身姿。

下午下班时，李院长笑着和文大夫说：“我想让你请我吃顿饭，能吗？明天是星期天。”

文思宁丈二和尚摸不着头脑。这话也太幽默了。像是在开玩笑，但又好像是真的。可不是吗？你应该回请人家才是！唉！自己怎么就忽略了呢？人家等不上了才这样说。可是我拿什么请人家呢？不能就吃炒鸡蛋、下挂面吧！正在想是怎么个请法，李院长又笑着说了：“是我有事请你帮忙，我带东西来，你这儿热一下就行。”

“我在想我这儿只有鸡蛋和挂面，再怎么弄几个菜，我才过意得去。”文思宁说。

“好！你就有炒鸡蛋就行了。”李院长说。

“院长，有什么事尽管说，我在所不辞！”

李院长咯咯地笑起来：“请听明天分解！我9点过来，你睡个懒觉。”

李院长九点准时来了。今天像换了一个人似的，黑油油的齐耳短发，配着白底碎红色小花朵翻领上衣，蓝色裤子，黑色皮鞋擦得锃亮。颇有派头。她把带的午餐放在桌上，笑盈盈地说：“我今天是来拜师的。”

文思宁听此言，吃了一惊，忙说：“不敢当，不敢当，这不是开国际玩笑吗？你哪一点都比我强，我拜你为师还差不多。”

她谦虚地说：“我是认真的，你当我的音乐老师吧！那天我听了你自拉自唱的歌曲，那优美的歌声，高超的手风琴拉奏技术，我陶醉了，你分明是个音乐家。我就产生了一个幻想，能经常听你弹唱该有多好呀！真是一种享受。开了心还丰富了业余生活。可是我怎么开口呢？夜晚入睡时，乐曲就绕在耳边……今天，我不得不找你了，下周末，公社举行文艺汇演，点名让我上台……帮我选歌，给我伴奏，好吗？”

文思宁出了一身冷汗。听她最后说“帮我选歌，给我伴奏”才长吁了一口气，忙说：“没问题。”

李院长早就想听文思宁拉唱，于是高兴地说：“你拉唱，咱们选。”

“在那遥远的地方，有位好姑娘，人们走过了她的帐房，都要回头留恋地张望。她那粉红的笑脸，好像红太阳，她那美丽动人的眼睛，好像晚上明媚的月亮。我愿抛弃了财产，跟她去牧羊，每天看着她动人的眼睛和那美丽金边的衣裳……我愿她拿着细细的皮鞭不断轻轻打在我身上……”

他拉着，她也跟着唱起来，声音是那么柔美动听，仿佛置身于萨耶卓玛身边，境界是如此深邃。

文思宁想：原来她的歌声是如此美妙，要不领导点名让她准备节目。

李艳茹问：“真有这么个姑娘吗？”

“有！”他说，“当时中国电影的创始人之一郑君里，来到金银滩草原拍电影，邀请了正在西宁教书的王洛宾参加。摄制组在青海湖畔开机。郑君里邀请当地千户长的女儿萨耶卓玛当演员。王洛宾穿上了藏袍跟着卓玛赶羊群。此时卓玛正是情窦初开的17岁少女。两只大眼睛闪射着大胆而炽热的光芒。那时金银滩上有个说法，‘草原上最美的花儿是格桑花，青海湖畔最美的姑娘是萨耶卓玛。’剧情需要，导演安排王洛宾和卓玛同骑在一匹马上。王洛宾起初很拘谨，坐在卓玛身后，两手紧紧抓着马鞍。忽然纵马狂奔，王洛宾一时不防，本能地抱住了卓玛的腰。卓玛狂驰了很久，才把马鞭交到王洛宾手中。她靠在他的怀里，不再撒野。黄昏牧归，卓玛将羊群轻轻点拨入栏。26岁的王洛宾痴痴地看着被晚霞浸染了的亭亭玉立的卓玛。卓玛感觉到他的眼神，卓玛眼中跳出了火苗，举起手中的牧鞭，轻轻地打在王洛宾的身上，然后返身走了。王洛宾依旧木然地站在栅栏旁，痴痴地望着消失在夜幕中的卓玛，轻抚着被卓玛打过的地方……”文思宁说完，浸沉在遐想中不语。

李艳茹闪着大眼睛急切地问：“那他们成了吗？”

“没有。”文思宁从沉思中转过神来，卓玛和他爸说，‘我看王洛宾很好，我也要嫁给汉人’。可是她始终没有向王洛宾表白过。而王洛宾深深地喜欢这位藏族姑娘，也没有表白过。卓玛有很多人给她提亲，她都拒绝了，可怜的卓玛 1954 年 32 岁就离开了人世……而王洛宾写出了这首流芳百世的动人情歌……”

看着李艳茹陷入沉思，他想：年轻有为的院长是惋惜这没成的爱情故事呢，还是……

文思宁不敢再想了，他拉唱起：可爱的一朵玫瑰花……他觉得她上次听了喜欢，再为她拉唱一次。果然，她随着唱起来，脸上露出愉快的表情。

他接着拉起《莫斯科郊外的晚上》，“你来唱！”他说。

她跟着手风琴节奏唱起来，声音甜润优美，感情真挚而深沉。特别是唱到“我的心上人坐在我身旁，偷偷看着我不声响。我想开口讲，不知怎样讲，多少话儿留在心上”时，那表情，那情感，呼之欲出。曲罢，文思宁连声说“好。”接着又说，“选上这首吧！非常好！”

“给我拉一首《社员都是向阳花》。”

文思宁定了定调，随后拉起来。那欢快乐曲，李艳茹优美的声音，使二人的心沸腾起来。当唱到“公社是颗红太阳，社员都是向阳花。花儿朝阳开，花朵磨盘大，不管风吹和雨打，我们永远不离开她”时，李艳茹带上了动作，而且优美、飘逸，真给人一种美的享受。

“这首可以选，我看你唱得得心应手。”文思宁说，“不过动作一开始就要加上。”

“对！”李艳茹高兴地接受了。“你再拉一曲《贫农女儿回乡来》。”

“你唱给我听听，这个曲子我还没拉过！”

李艳茹唱起来：“贫农女儿回乡来，迎着彩霞上山野……最好是姑娘的那颗心，不爱过去爱未来……”

歌声激越、嘹亮、动听，唱出了理想，唱出了干劲。文思宁激动了，心想：院长原来是个歌唱家。不由得说了一句：“歌唱家，再来一遍，我品品调！”

李艳茹绯红了脸说：“可不敢这么叫，羞死我了！在你面前逞能！”

“我是实事求是地说，你唱得就是比我好嘛！”文思宁急忙说。

待到全部拍合上了，院长高兴地说：“开饭。”

家里拌好了凉菜午餐肉罐头，有热一下就能吃的水饺，再炒一盘鸡蛋：真是丰盛的午餐了。李院长特意带了一瓶汾酒。

文思宁高兴了。这是她的第二次请客。他高兴在这儿遇到了知音。

李艳茹斟满酒。举起：“这第一杯酒是拜师酒！”

举杯要碰。文思宁举杯胸前说：“院长！我真不敢当！”院长把酒伸到他胸前说：“我是真心的，从心眼里佩服你，真心拜你为师。”无奈，他举杯，相碰，并说：“我们相互学习，取长补短吧！”

“吃饭，不能空肚子喝酒！”院长说着给他夹了菜和水饺。

“这第二杯酒，感谢你今天为我的付出。”院长说。

“感谢你和我度过了一个美好而充实的星期天。”文思宁说，“真的，我今天特别高兴，我来了这儿这是我第三次这么高兴。第一次是为李老成功地做了手术；第二次是你请我吃饭，我高兴，我第一次让人这么看得起；第三次就是今天，你让我太高兴了，而今天我为你的服务简直是‘红雨随心翻作浪，青山着意化为桥’那么顺畅。”

她万万没有想到，她给他添麻烦，他反而那么高兴。她觉得他是一个多才多艺之人，说话真幽默。她不由得问：“难道你过去就没高兴过吗？”

一句话问得他没法回答。错综复杂的爱情、做手术惹来的麻烦，令他悲伤地吟道：“若有似无，镜中花虚无缥缈；无中似有，水中月能慰情怀？”

她理解不好,但她听出,他有无限的惆怅。她耳边响起老同学张燕的话:“你给我照顾好他，谢谢你！”难道张燕和文思宁有关系吗？她知道张燕和文思宁同岁，又同在一个大医院，是多好的一对呀！真悬！她几乎要插进来，那就对不起老同学了。倒退三十里安营下寨吧！但是她越来越喜欢文思宁了，他不仅医术高，心眼好，而且是全才，人又生得好。本来，她今天想提出这个问题，这是她预先计划好的……可是现在连暗示都不行，不能让他知道她的心思。

但是她真的喜欢文思宁，最近一段时间，她好像一天也离不开他，她每天总要找借口去见见文思宁，夜晚常常睡不着，就是睡着了，梦中全是他的影子。

哎！她心中叹了一声。我比他大3岁，认他做弟弟吧！只要能见到他就行。

于是她又斟满了酒，举杯说:“我有句话，不好开口。但是我开口了，你不要拒了我，我就高兴了。”

“什么事，这么严肃？我保证不拒你！”他说。

“好！”一言为定，她笑着说。

心中难舍意中人,偷换概念保真情。求得终生能见面,何须非得共枕眠。

她举起杯，笑盈盈地说:“我比你大3岁，我认你为弟弟，你同意吗?”

他万万没有想到她会说出这样的话，他是万分高兴。自从他来到这里，她很关心他，又那么信任他，真像是一位大姐姐。而他现在父母都已过世，没有兄弟姐妹，眼前站着的李艳茹真要成为自己的姐，那该多好呀!

于是他举杯相碰，笑着说:“我太愿意了！”随即脱口而出，“姐！”眼里闪着泪花，一饮而尽。

“弟弟！”她眼里也闪着泪花，随即加重了语气说，“我的好弟弟。”随即一饮而尽。

她绕过桌，情不自禁地抱着他，他也伸开双手抱着她，她拍着他的后背，激动地说：“姐永远忘不了你！”他急着说：“我一辈也忘不了你，我的好姐姐！”

十八

花香鸟语春烂漫，凤落枝头好喜欢。桩桩喜事连连来，悲伤全消好事传。

这天上午，院长隔壁办公室小王匆匆跑来说：“文大夫，院长请你过去，有客人找你。”文思宁答应一声，急忙走到院长办公室。

进了屋，张燕和院长同时站起来。张燕笑着和他握手同时说：“院里调你回去。”李院长说：“恭喜你。”眼里闪着泪花。文思宁当然高兴，这是他盼望已久的心愿。

但是还有一例预约手术呢？于是说：“我最近几天还有一例手术呢？做完再回好吗？”“手术大约是 3 天之后。”李院长说。

张燕翻腕看表：“现在是 9 点半，我们 10 点半以前就回去了，院长和几位领导在‘凤灵阁’宴请你呢？”她看了看李艳茹，接着说，“今天接回去，明天上午给你送回来，不误事吧！”

院长说：“不误事，预产期是 3 天之后，究竟哪一天不好说，只是老同学来了又不吃饭，我过意不去。”嘴里这样说，眼看着文思宁，滚动着泪花。

张燕笑着说：“明天送回文大夫，我们一起吃，现在都是柏油路了，快得很，就 40 分钟的路程。”

李院长送张燕和文大夫出大门。文思宁看见李院长眼里又滚动着泪花，急忙说：“姐，回去吧！我明天上午就回来了。”

张燕开车门让文思宁上车，心想：他俩怎么是姐弟了？今天是她开车来的，一是院里等着接回人去，二是见泪汪汪的老同学，什么也不好说，只说：“老同学回去吧！明天中午咱们聚。”

文思宁坐在副驾驶座上，说：“司机没来？”

院长说：“我开吧，司机不来，咱俩好说话。哎，怎么院长是你姐了？”

文思宁把认姐的过程说了一遍。

“啊！她倒挺会攀高枝的。”说着，笑着歪头看他，接着说，“李稳健平反了，由原来的市委副书记升任市委书记；李雅健也平反了，由原来的卫生厅办公室主任升任人事处处长；咱们王院长平反一回来，就想到你这个受了特大冤枉的能人，急着要接你回来。这就是我今天匆匆忙忙接你的原因。”

她笑盈盈地又歪着看看他，接着说：“恭喜你，你要升副院长了，请多多关照！”

“姐！你说什么？”他问。他不相信自己的耳朵。

“你要升副院长了！今后请你多关照我。”她眼里闪着光。

“姐，你说什么呢？我今生今世、来生来世都不会忘记你，你是我的恩人，你把我送到你同学这儿，说是下基层锻炼，使我在这儿过着平静而安宁的生活。我父母双亡，无兄弟姐妹，你就是我的亲人！”随着眼里滚动着泪花。

张燕听他这么说，眼里也闪着泪花，说：“我也不知道当时能有那么大的胆。”

文思宁接着说：“这就叫急中生智，你的胆和智成全了我的生涯，我对你的感激之情，无法形容。你就是我的亲人，比亲人还亲的亲人。你比李院长大，李院长比我大，当然你就是大姐了。”

“好的。”李燕情不自禁地说。歪头看着他，露出惊喜的神色，“我有这样的好弟弟，是我一生的福气。”

到了雅间门口，张主任推门让他先进。王院长急步上前握着他的手说："盼着你归来，热烈欢迎你！"随即要介绍："这位是……"没等说完，李书记就紧紧地握着文思宁的手说："恩人，让你为我受苦了，我一直惦记着你，想去看你又不敢……"

李处长握着文思宁的手说："你救了我哥，救了我们全家，我和我哥多次想去看你又不敢，我不知道怎么感谢你……"

院长说："今天是李书记和李处长非要请你聚一聚，所以着急把你接回来。"

李书记非要让文思宁坐首位不可，文思宁说什么也不肯。最后，王院长说："就让他挨我坐吧！"结果是李书记坐首位，左边是王院长、文思宁，右边是李处长、张燕。

李书记特意带了一瓶茅台，招待文思宁。

菜上桌了，李处长开瓶为大家满酒。张燕夺过酒瓶说："我来！"

李书记首先举杯，高兴地说："这第一杯酒庆祝文思宁大夫顺利归来！"和大家碰杯后一饮而尽。张燕斟酒，李书记说："大家吃菜！"稍停又举杯，说，"第二杯酒是谢恩酒，感谢文大夫的救命之恩。"大家随着都举杯一饮而尽。李处长插话："当时都没辙了，又听见文大夫说，是人就得救，你的胆量和治病救人的医德，挽救了一条生命，救了我们全家。"说着，给文大夫和自己倒满酒，相碰干杯。说着给文大夫夹菜，又给别人夹了菜。

张燕给大家又斟满了酒。

李处长接着说："我们全家的感激之情，无法言表。我哥多次说，要不以姐姐的身份去看一看文大夫，但思前想后不敢去，怕给你我麻烦。唉！我李雅健给你赔罪了。"说着，眼里滚动着泪水。文思宁见状，急忙站起说："李处长，可不能这么说，医生的职责是治病救人。当时如果我不做这例手术，结果可想而知。我会后悔一辈子的，我无法活下去。"

张燕插话了："现在认姐也不晚"。话一出口，李处长、李书记、文思宁都笑了。

王院长见状，高兴地站起来说："这是好事呀！李书记没有弟弟，李处长没有弟弟，文大夫无父母姐弟兄妹，认了多好呀！十全十美。"王院长看着李处长和文思宁高兴的样子，接着说，"就这么定了，我是证人。"

张燕接着说："我也是证人。"又看着李处长，文思宁说："认呀！"

文思宁举杯向李书记、李处长说："祝哥身体健康，精神愉快，工作随心。祝姐旗开得胜，马到成功，事业兴旺，工作更上一层楼！"随即大家碰杯都一饮而尽。

张燕又给大家都斟满酒。

王院长激动地站起来，高兴地说："今天是四喜临门：一是文大夫回院；二是认干姐干兄赛亲人；三是我代表组织宣读文大夫升任常务副院长；四是同时告诉大家另一个好消息：张燕升任第二副院长，等文大夫回来召开就职大会。"

好在路上张燕给文思宁透露了消息，但他仍然是激动不已，不知所措，又听见张燕升职，他无比高兴，恩人有此结局理所当然。他急忙站起举杯说："感谢党，感谢组织为我平反昭雪；感谢党，感谢组织对我的信任。我将不负众望，努力工作，再创辉煌，同时祝我大哥和我二位姐姐升职。"激动的他举杯和大家相碰，随即一饮而尽，众人也一饮而尽，异口同声地问："张副院长，文大夫多会儿认你为姐的？"

张副院长也激动地说："我常给文大夫送东西，我告诉他，村里有人问你，就说那是我姐。"

众人听言，无不佩服。李书记、李处长几乎齐声说："我们不敢做的你做了，向你致敬。"举杯和张副院长相碰。王院长举杯高兴地说："我敬你，为你强大的能力干杯！"文思宁激动地说："姐，我也敬你，一生一世感谢你。"

这是一次难忘的欢乐聚，这是一次扭转命运的聚会，这是一次喜泪汪汪的感恩聚会。真是：

严冬过后春自来，百花灿烂争相开。熬过几岁寒冬日，赢得今朝乐开怀。

十九

排座次姐弟同乐，念恩人终生不忘。天涯海角有穷时，只有相思无尽头。

李雅健一心想去看文思宁工作的地方，临别时和文思宁说："明天一早我去开车，接上李副院长，再到院里接你，我亲自送文副院长。"说完，看着文思宁。

文思宁发自内心感激地说："谢谢，处长姐。"

第二天上午 10 时许，车到卫生院。

进了屋，一股香味扑鼻而来。李艳茹已调好馅，和好面。李院长招呼各位坐下，张燕忙把李雅健介绍给李院长。李院长忙说："贵客到此喜事多。"随倒茶捧给各位。"就是有喜事吗！"张燕接着说："文思宁当副院长了，我们好好庆祝一下。"文思宁急忙对李院长说："你老同学也升副院长了！"又接着说，"这位是卫生厅人事处处长！我的三个姐姐都到齐了。"三位姐姐互相看着，咯咯咯地笑起来，大家你一言我一语的包起饺子来。

一会儿，食堂送过冷热菜来。李艳茹拿起汾酒斟满，笑盈盈地说："这第一杯酒，欢迎李处长光临。"举杯互碰，四人都一饮而尽，随口说："吃菜！吃菜！"又斟满酒，片刻举杯："这第二杯就祝老同学和文大夫升职！"随即一饮而尽，大家也都一饮而尽。

文思宁拿过酒瓶，给各位斟满，高兴地说："我今生有三位姐姐陪同、关照，是我最大的幸福。我先敬大姐。"他举杯面向李雅健说："你的真诚感动了我，给了我勇气，使我立于不败之地。你对我的牵挂，小弟心存感激！我干了，大姐随意。”

随后斟满酒，面向张燕说：“这第二杯酒敬二姐，二姐的胆大心细，挽救了危难中的小弟，终身难忘。”随后一饮而尽，并说：“二姐随意。”随后自己斟满酒，笑着面向李艳茹说：“这第三杯酒敬三姐，我来这儿的生活起居全靠三姐照顾，工作上的支持、生活上的照顾，小弟终身不忘。三姐对卫生室的苦心创建和完善，为造福一方做出了大贡献！伯乐在此，能否看中这匹千里马？”

他说着看看李雅健，随后一饮而尽，并说：“三姐随意。”

大姐笑着说：“在你提升的关键时候，你三姐可是头功啊！你最应该感激的是她。两个月前我收到的外调材料，是你三姐亲自写的，看得我感动不已。”

思宁看着三姐，三姐眼里闪着泪花。笑着说：“思宁造福一方，功不可没。他开创了卫生院做手术的先河，乡亲们对他的评价最高，还说文大夫是多才多艺之人，可不是吗？文艺汇演时那手风琴伴奏简直是……委屈了，大材小用，在这憋屈了这么多年。”

大姐笑着说：“看看三姐心疼小弟，小弟推荐三姐，一唱一和，双簧演得蛮好的，如果伯乐在此，总会欣赏这匹千里马的。”

张燕一听，马上接茬说：“伯乐在此，李院长还不谢过大姐？”

文思宁的感激之情油然而生。大姐、二姐、三姐各为自己做了这么多事……他为三位姐姐斟满了酒，最后给自己倒满，举杯：“三位姐姐受小弟拜谢，小弟今生不忘三位姐姐的恩德。”大家激动，都一饮而尽，大姐说：“你怎么知道我们谁大谁小？”文思宁说：“我是知己知彼，百战百胜呀！”

李艳茹捞饺子端上桌，说：“大家吃饺子，不能让咱们的弟弟再喝酒了，他今天喝的不少了。”随即给大家夹饺子。

“看！”大姐说，“你三姐最关心你了！”

文思宁激动地说："要是没有三位姐姐的关心照顾，我怎么能走到今天这一步呢？"随即给三位姐姐夹水饺。

大家你一言我一语地说着，吃着，喜在心头，乐在脸上。

三姐激动地说："拉一曲吧！你大姐二姐还从未听过你拉过琴呢？"随即讲了文艺汇演的事。

文思宁心想：今后恐怕再没有机会为三姐伴奏了吧！

他首先拉了三姐汇演的第一首歌《社员都是向阳花》。听那欢快的乐曲，三姐不由得唱了起来，那么自然，那么动听，随着乐曲跳起了舞……随后是热烈的掌声。

接着他拉奏《莫斯科郊外的晚上》，这是三姐汇演时的第二首歌，当时台下掌声雷动。三姐首先唱了起来，大姐、二姐也都和着，清丽柔和的歌声带大家进入胜景。

此时，文思宁又忽然想起了白雪梅，心想，如果白雪梅在场多好啊。他不由得拉起了《在那遥远的地方》。他首先唱了起来，大家也唱了起来："人们走过了她的账房，都要回头留恋地张望……我愿做一只小羊，跟在她身旁。我愿她拿着细细的皮鞭，不断轻轻打在我的身上……"三姐不仅唱着，头还左右移动着，歌声悦耳，脸上放着光彩。

文思宁拉奏起劲来，像今日的聚会真是难得，何时还能相聚呢？于是他说："三位姐姐，我今天真高兴，此地此景此情，再多会儿能有吗？我邀请大姐、二姐、三姐献歌一首。"三姐妹都在兴头上，大姐首先说："给我拉《柳堡的故事》。"琴声起，大姐唱起来，大家又仿佛听到了二妹子和副班长在对唱。那嘹亮的歌声，把大家带到了那遥远的年代。

二姐接着说："我唱《洪湖水浪打浪》。"随着琴声唱起来，歌声委婉动听，大家拍手和了起来。

轮到三姐了，三姐说："我唱《怒潮》插曲《送别》。"

二姐插话："看三姐多会儿选歌，正合时宜。"琴声拉起，三姐唱起来，众人和起来，那委婉悲壮的歌声，把人带到那遥远的年代、那送别的场面，惜别依依的情景，令人难忘，叫人心酸。

当三姐唱到："半间屋前川水流，革命的友谊才开头，那有利刀能劈水，那有利剑能斩愁。"声音变得有些沙哑。

唱到"送君送到江水边，知心话儿说不完，风里浪里你行船，我持梭镖望君还"时，眼里滚动着泪光。

大姐看在眼里，心有所思，但没说话，二姐因是老同学，说话无所顾忌："小弟要常回来看看三姐，三姐要常进城看小弟，问题就解决了！"

文思宁有女朋友的事，三位姐姐都不知道，是否能成，只有入了洞房才能说准，所以他什么都不能说。对已婚的大姐，她这次回去，耳闻二姐已订婚，也无所为，可三姐就不一样了。最后他语重心长地说："我给三位姐姐献歌一首。"于是自拉自唱起来："如果在节日里，有几个好朋友，同我们欢聚在一起，我们要回忆那最珍贵的一切，唱起了愉快的歌。姐弟们来吧！让我们举起杯，唱一首饮酒之歌，为今天的团聚，为明天的再相逢，干一杯再干一杯！"众姐弟都举杯相碰，他又重复最后一句："为今天的团聚，为明天的再相逢，干一杯再干一杯！"旧曲新词，句句感人，更令三姐心酸。

二十

敞开心扉述衷肠，鲜花虽美不能赏。情到深处泪濛濛，热拥热抱姐弟情。

手术出奇顺利，一个8斤重的男婴降临在人间，这可乐坏了书记夫妇，高兴死了女儿女婿，死活要请文大夫吃饭。盛情难却，李院长陪着文大夫如期而至。席间，热闹的场面，感激的语言，自不必言。晚宴后告别，书记说："我觉得这儿是你的第二故乡，你对这里的奉献，令公社全体社员赞不绝口，希望你能常回来看看。”“一定，一定。”文思宁诚恳地回答。

……

这是一个美丽的夜晚，一轮明月在幽蓝的天空中高挂，微风阵阵，给人说不出的美好感觉。李院长执意要送文大夫。

“明天你就要走了，此去何时再能见面？”李艳茹语调深沉地说。沉默片刻，她接着说：“你走是应该的，而且也是必然的，我应该为你高兴。”她不说了，沉默良久，她只是“哎”了一声。在月光下，他看见她眼里饱含着泪水。他说不出话，他该怎么说呢？

卫生院到了。文思宁礼貌地说：“进来喝杯茶吧！”李艳茹不点头，也未摇头，也不说话，只是跟着他进了屋。

“我给你喝砖茶，消食的。”随即，他沏好了茶，闷着。

“我的食，茶消不了。”她语调深沉地说。两眼望着他，灼灼有神。

“多喝点，砖茶消食第一。”他说。

“谁说借酒消愁愁更愁，我说，借茶消食食更多。”她说。

他倒茶给她，幽默地说：“三姐请用茶。”他不知道李院长今天为什么不开心，想改变气氛。

“人们说，人走茶凉，你这杯茶永远不凉。”她说着，抬眼望他。“只是留下三姐孤零零的……”

“你永远是我的好院长，恩人姐姐。”

“你才是我的恩人，我最喜欢的人。”良久，她颤抖着声音说，“今天我喝酒了，希望你不要见怪，我把憋了半年的话说出来，你可不要笑话我，我今天非说不行，要不再也没有机会说了。当初我老同学把你送来，我认定你俩是一对，不敢有非分之想，不能对不起老同学。3 年后，张燕结婚了，我才有了非分之想。但我不敢说，因为你论人才是一等，论人品是一流，论技术高超，我自叹不如，哪敢开口？你冒着风险给我爸做了手术，我对你的敬佩之心油然而生。手术后，你病了，心痛之余，我对你的爱意更深。有时候我整夜整夜睡不着，下决心第二天向你表白，但第二天看到你高大的身躯、英俊的面容、优雅的谈吐，自觉矮了半截，怎么也开不了口。”停了片刻，她又接着说，“今天我不能再不说了，这是最后的机会，这是最后的机会呀！我决不能错过，我大着胆子，把脸放在一边。你喜不喜欢我，爱不爱我？你爱我，我高兴；你不爱我，我也高兴，起码我有个好弟弟！”

她滔滔不绝地说着，没有他插话的余地。说完，她仰着头看着他。

他该怎么说呢？他望着她饱含泪水的眼睛，像火一样射向他，等待他的回答。他心乱如麻，他这将近8年的卫生院生活，她给了他无微不至的关心、爱护和支持，是她给了他勇气、信心、成功的经验，特别是那天从大姐的话中，他知道她给他做了鉴定，给他铺设了一条通天的大路，当他冒着危险给她爸做了手术，他实际上冒出了一身冷汗，惊恐而病，她又是如何精心照顾他……人非草木，漫长的日子，石头也会温热的。说不喜欢她，是自欺欺人；要说喜欢她，那怎么对得起苦等他8年的雪梅？她见他不说话，眼泪扑簌簌地掉下来，沙哑着声音说：“我知道我配不上你，是癞蛤蟆想吃天鹅肉，我是在望穿秋水等情人，情人不来不死心！唉！”说着，用手帕擦泪。

他慌了手脚，语无伦次地说：“喜欢，爱，不敢，不能。”

她听见“喜欢，爱”，泪眼睁开，脸上露出喜悦，又听见“不敢，不能”，重又阴云密布。他接着说：“亲爱的三姐，我喜欢你，爱你，但是我不能。我的心8年前就交给了一个人。”随即，他详细地讲述了他和白雪梅的爱情和波折。听完，她破涕为笑，这是苦笑，依旧沙哑着声音说：“对不起！对不起！我不该打扰你，你够苦了！”他站起来，走到她的对面说，“不能说对不起，你有爱的权利，我听了高兴都来不及，我这个人还会有人爱？真是！真是！只是……只是……”

她站起来，泪眼蒙眬地说：“小弟，让姐抱一抱你。”

他伸出双臂抱着她，拍着她的后背。她也紧紧地抱着她说：“你能常回来看看我吗？”

“我会常回来看你的。”他激动地说，“我会常来卫生院做手术的，只要你说话，小弟随叫随到。”

二十一

花开花落八年春，望穿秋水等伊人。灾难深重重重险，阎王路上返回程。

文思宁上任了，他是常务副院长。护理部、医疗处是他直接管辖的部门。这些部门亟待重新建设、完善，种种情况远比他拿手术刀复杂得多。他绞尽脑汁，召开会议，个别谈话，开拓思路，确定政策，放下去讨论，拿上来修改，他坚守着一个准则：从群众中来，到群众中去。

同学们没有一个来看他，就连他最要好的王玉瑶都没有来，难道他们都不知道他回来了？特别是白雪梅，之前，她常悄悄地来看他，也会约他进城会面。可是这半年多了，她没有来看他，消息全无。

周日，他决定去看白雪梅。当他敲门时，出来开门的却不是白雪梅，也不是白雪梅的父母，而是一位年轻的妇人。问过方知，这家新住户搬来已半年多了，根本没见过原来的房主。

文思宁急了，自语：雪梅呀！你在哪里？为什么搬家也不说一声？让我到哪里去找你呢？情急之下，他又想到了老同学王玉瑶。他找到了他，他还是单身，房子虽大，却有些冷清。

王玉瑶热情地招呼他坐下，奉茶，只是不语。

文思宁耐不住问：“你还是单身，怎么不谈朋友呢？”

王玉瑶不语。

“雪梅好吗？我失去了联系，她怎么样？”

王玉瑶依然不语，低着头。

文思宁耐不住了："啊呀！老同学，你倒是说话啊！你急死人了！"

半晌，王玉瑶抬起头，已经是满脸泪水。他哽咽着说："雪梅不让告诉你，你刚回来，怕影响你工作，让3个月以后再告诉你，所以我们这些老同学谁都不敢见你……"稍停片刻，他接着说，"她父母给她介绍了个对象，她不见，赌气从家里跑出来。父母骂着追出来，谁知道迎面驶来一辆货车……她被撞断了腿，住进了市第一医院，卧床半年了，说是没有接好，需要重新手术……这下父母消停了，又知道你平反了，回院当了副院长，说再也不管女儿的婚姻了。"

文思宁怀着沉重的心情，流着泪，骑车飞快赶到了市第一医院。

推门进病房，见白雪梅正往信封里装信。她看见他先是一怔，随即哇的一声哭了起来。他急忙过去抱住她："我回来了，别哭，别哭……"

她止住了大哭，却趴在他的肩膀上抽噎着。良久，她抬起头，带泪的脸上有了笑意，久久地凝视他，嘴角显出浅浅的酒窝。他也不说话，静静地看着她，心里拧成一团。她为了他，忍受着巨大的痛苦，封锁着这不幸的消息，她知道这样做的后果吗？万箭穿心中，他忍不住问："傻姑娘，为什么这么做，为什么不告诉我？"她依旧不语，脸却笑着，递给他信。他读信：

思宁，亲爱的思宁，让我最后一次这样大胆地，而是发自内心地这样称呼你。你再接受一次，最后一次，好吗？我亲爱的人，在我心中永远抹不掉的人。

半年多来，我没有去看你，也没有给你去信，是因为车祸撞断了我的腿，又没接好，畸形，不能走路，成了一个你不能想象，也不敢想象的人。此时，我知道了一个好消息，春风吹遍祖国大地，你也要迎来生命的第二个春天，如果我这个时候把我的不幸告诉你，只会给你带来负面情绪，影响你工作。想着你快回来了，我会跑着去迎接你，共享你第二个春天的美好。但是事与愿违，我的腿没接好，下地困难，走不了路，柱棍迈步，犹如刚学会走路的孩童，实际上连孩童都不如。我失望了，灰心了，我没有生活的勇气了，我不配做你的妻子了，我们有缘无分。这就是命，我认了，我会找一个和我一样的人，相扶相持走完人生。

祝你幸福美满，前程广远。

你曾经爱过的雪梅

读完，他已是泪流满面。抬头望她，她已泣不成声，他猛地抱住了她，喃喃地说："我的傻雪梅，你尽说傻话，我会让你恢复如初，像过去一样！"

他把她转入省立附院，他要亲自为她重新接骨。先要稳定情绪，恢复体力，消除顾虑。他每天中午、晚上准时来看她，一步一步、耐心细致地做着工作。他逐渐地看到了她展露喜色的面容。她的体力在恢复，情绪已稳定。她的父母看在眼里，喜在心头，悔不该当初阻拦这桩婚事，酿成如此大祸。

这天早晨，他陪她吃了早点，随后他带着大夫和护士来查房，他说："你侧身睡下，我观察一下。"从腿部到背上轻轻地按着，他问："疼吗？"她答："多少有点感觉。"过了片刻，他又问，她不作声了，护士进来把她推入手术室。

当她醒来时，腿不能动，夹着夹板，痛。他一直站在她跟前，等着她醒来，笑着说："手术做完了，卧床静养一百天，还你一个当年的白雪梅。"他喂她喝了药，护士又为她打了针，输上液。

她眼角流出了泪，这是喜泪，心想：我真没白等你，受的苦值了！想着想着，她笑了。他看着她笑了，他也笑了。

雪梅的父母看着这一切，满含着泪水，向文思宁说："辛苦了，快去休息吧，剩下的事我们都能办了。谢谢你，文院长！”

文思宁向二位叮嘱了术后护理事宜，又说：“晚上我来替二老。”他转身向雪梅，幽默地说：“万事齐备，只欠东风，东风是什么，东风是安心休养！”雪梅笑了，笑得是那么甜。二位老人送出文思宁，深负内疚地说：“对不起，文院长，我们错怪你了，请你原谅！我们把雪梅交给你了。”

文思宁每天晚上都来照顾雪梅。

二十二

仙女下凡董永家，喜煞愚夫笑死娘。娘若还在人世间，见了儿媳喜若狂。

白雪梅已经恢复得特别好了，也许是人逢喜事精神爽的缘故吧！全家人都特别高兴。

这天，她像燕子一样飞到文思宁身边，乐呵呵地说：“你猜猜，有一个大好的消息，是什么？”

她仰脸看着他，笑着，嘴角出现浅浅的酒窝。没等他回答，便说：“我爸我妈说腊月初八给我们举行订婚仪式，让我征求你的意见！”说完，扑闪着大眼睛看他。

这是他朝思暮想的事儿，千难万险、几经波折而今要实现的理想，他怎么能不高兴呢？他再看白雪梅的样子，光芒真是不减当年。于是他笑着说：“仙女下凡董永家，喜煞愚夫笑死娘。娘若还在人世间，见了儿媳喜若狂。”

说着，却长叹一声。

白雪梅又是高兴又是悲伤，高兴的是，喜结良缘，就要成为事实；悲伤的是，要是公公婆婆在世该有多好呀！

她看着文思宁悲伤的样子，有些心痛，世上事总是不能十全十美。

“周日陪我去看看公公婆婆，让二位老人见见未来的儿媳妇。”她恳切地说。

他听了，高兴起来，幽默地说：“早知娘子懂礼仪，今日更见通情理，仙人喜见儿媳拜，乐在脸上喜开怀。好！就这么定了！”

她也高兴了，笑着说：“你又幽然了，又有诗情了。”

“哎！我们的爱情，本身就是一首久经考验的叙事诗嘛！”

来到墓地。她看到碑上写着“父：文程远 母：张淑兰　二位之墓”时，眼里闪着泪花，跪着摆上供品，点燃蜡烛上了香。她不让文思宁插手，她要亲自做。文思宁也跪在那里，哽咽着说：“爸、妈，我把你们的儿媳妇带来了，她叫白雪梅……”

白雪梅站起身，握拳躬身一拜，说：“恕儿媳不孝，二老生前未能拜请高堂，儿媳有愧。”磕头三下，起身又一拜说：“我愿做文家的媳妇，照顾好思宁，请二老放心！”跪地磕头三下，起身又一拜，说：“祝二老在天堂幸福美满，保佑我们平安，再不要有波折。”白雪梅起身，已是泪人。

文思宁看着这一切，早已泣不成声。

文思宁和白雪梅走进了金店。文思宁要给白雪梅选一款像样的金戒指，选中了一款非常好的。白雪梅说：“我要白金的。”文思宁顺从，售货员取出几个，让白雪梅选。白雪梅选中了一个又细又轻、设计精致的，说：“就买这个。”文思宁不解说：“克数小，太轻了。”白雪梅说：“白，象征着纯洁；金，象征着坚韧不拔；小，戴起来方便。”说着她仰脸看着他，接着说：“这么多好处还不够吗？”

他虽不解，但依着她买妥，走出金店。她看着他纳闷的样子。笑着说：“苦等郎君十春秋，今日方可得欢欣。凡事都从俭上来，谁叫我是文家人？”

文思宁听言，笑了，他从心底佩服未婚妻。她想得太周到了。他问她：“为什么非买白金的？”

她笑着又答：“纯洁不过白雪梅，柔韧谁能比思宁？”

他又添了一层敬意。心想，世上哪有这么好的人，但他说不出话，只是含情脉脉地看着她。

看得她有些不好意思，反问道：“难道我说得不对吗？”他仍然不作声，只是笑着，冷不防在她脸上亲了一口。

二十三

王宇璜演绎真情，王玉瑶义推婚期。喜泪相拥释前嫌，两对鸳鸯配成双。

同学们不断地来电话问婚期，特别是王玉瑶，几乎是每天一通。这天，电话里，文思宁告诉王玉瑶，他们正月初八举行结婚典礼，请他广发请柬，并作主持。

王玉瑶听了，哈哈地大笑起来，说：“遵命，照办。”没等文思宁回话，接着说，“腊月二十三，本周日中午，我请同学们为你俩庆祝。地点凤灵阁，请带着夫人，准时出席。”

小年这天，天气出奇地好。暖阳高照，没有一丝寒意。可不是吗，已经是六九的第 5 天了，俗话说，春打六九头。这是立春后的第 5 天了。

当文思宁和白雪梅走进雅间时，同学们早已到齐。见他俩进来，不约而同地站起来，热烈地鼓掌。文思宁、白雪梅发现了在座的有毕业后第一次见面的徐清、张文君、郝梧桐、张凤英、李春林、王春霞、李航、张月仙，欢迎场面推向高潮，大家亲切地握手，热烈地拥抱，衷心地祝贺：百年好合，花好月圆，琴瑟和鸣，祝福语飞入耳中……

王玉瑶特意邀请了王宇璜为主持，请他照顾下场面。

坐定，王宇璜挺拔地站起来，说："今天，我们在清水市的同学聚齐了共 13 人，还有我俘虏来的李凤英，共 14 人，形成我们牢固的整体。"同学们不约而同地把目光投向李凤英，几位新调回清水市的同学笑着，眼里满是好奇和打趣。

王宇璜接着说："而陆续调回清水市的 8 位同学都有故事。"说完，他扫视众人，停顿不语。同学们着急了，急于想知道，异口同声地说："快讲！"他清了清嗓子，接着说："凤凰喜落梧桐树，徐清不清恋文君；霞光猛射李春怀，李航驾机飞月亮。"

同学们你一言我一语地对起号来。

"徐清不清恋文君，当然是徐清和张文君了。"一位同学说。

一位同学接着说："徐清倒会恋，恋了个艺校老师。"

又一位同学接着说："校长恋老师，近水楼台……"

"凤凰喜落梧桐树，当然是郝梧桐和张凤英了。"另一位同学风趣地说。

"霞光猛射李春怀。"另一位同学急忙说，"这自然是李春怀和王春霞了。"

另一位同学急忙插话："会射呀！射中了税务局长。"

另一位同学迫不及待地说："李航驾机飞月亮，这很明显是李航追到张月仙了。"

有人插话："民航局长飞月亮，易如反掌。"

"哈哈哈哈"，大家笑作一团。

"这真是优秀的保密工作者呀！""他们多会儿恋爱的，多会儿结婚的？都瞒得紧呀！"

众同学你一言我一语地议论着。说着，凉菜已上齐，热菜也在上着。王玉瑶给大家斟满酒举杯："我举三杯，这第一杯酒，祝调回来的四对同学百年好合，万事顺意！”随即碰杯一饮而尽。“这第二杯酒，恭祝思宁与雪梅终成眷属，喜贺思宁荣升副院长，许愿他们早生贵子。”随即一饮而尽，稍停，他又举杯：“第三杯酒，我祝在座的各位团结互助，共同进步，凡事包涵，宽宏大量。”

语音刚落，王宇璜接着说：“我们班现在只有大班长和郝桃花还处在秘密阶段，而且这里面有一个英雄救美的故事，实在感人。英雄是谁？王玉瑶？美人是谁？郝桃花。”

同学们的眼光都投向王玉瑶和郝桃花。王玉瑶微笑不语。郝桃花却低下头。王宇璜看了一眼郝桃花，风趣地说：“三十六岁交好运，迎来桃花满树红。”

外地调回来的同学，不明就里，异口同声地说：“桃花，你说！给我们讲讲！”

郝桃花抬起头来，声泪俱下，沙哑着声音说：“原本落在梧桐树，梧桐树倒爱恓惶。几乎被灭阴曹地，幸遇恩人王玉瑶。平生犯下滔天罪，今生难对白雪梅。求助上苍施善心，思宁雪梅配成婚。”

说完，泣不成声，低头擦泪，断断续续地说：“祝他俩花好月圆，百年好合。”

王宇璜见状，着急打圆场说：“桃花老自责，其实她做的是好事，她成全了文思宁、白雪梅的婚事，她能勇敢地和盘托出自己的错误，成人之美，实属可嘉。”随即，他原原本本地把文思宁、白雪梅、郝桃花三人之间的爱恨纠葛说了一遍。特别讲到郝桃花把信还给白雪梅求原谅的情景，说得有声有色，又把在王玉瑶的带领下，去卫生院看望文思宁当面赔罪说得诚恳万状，使在座的都潸然泪下，无不原谅和同情。一时沉默良久。快人快语的王春霞憋不住问：“怎么就幸遇恩人王玉瑶了？”

“哎！”王宇璜接过话说：“这就要讲一个英雄救美的故事了。”

一时间鸦雀无声，全都洗耳恭听。

王宇璜接着讲："郝桃花单位的革委会主任赵斌武，逼着郝桃花和文思宁划清界限，中断了关系，进一步要逼娶桃花，桃花急中生智地说已订婚，对方逼问是谁，桃花说到时候请他喝酒就知道了。

"郝桃花当天中午就找到王玉瑶说：'救救我。'随即提出三个方案：一是娶她，二是假结婚，三是让她离开原单位。郝桃花的忏悔和表白让王玉瑶动了心。他想：假结婚不现实，调动不容易：赵斌武不放，没辙，只能答应订婚。但他想到老同学文思宁还在乡下，和雪梅还未结婚，让桃花答应他：一是保密，和任何人都不能讲；二是自己和赵主任经常在市里开会，挺熟，请他喝酒，说明此事，他就不会再为难桃花了。而且他常去单位看桃花，也就保护了桃花。文思宁和白雪梅一天不结婚，他们也不结婚，不能走在他俩的前头，要晚他们半月或者同一天。"

大家的眼光不约而同地都投向了郝桃花。郝桃花抬起了满是泪痕的脸："我答应了，只要思宁和雪梅一天不结婚，我们就不结婚。我这一生最对不起的人就是白雪梅和文思宁。他们能原谅我，我就烧高香了！"

白雪梅见状，眼里也闪起了泪花，沙哑着声音说："我们都是同学，又没有深仇大恨，过去的事就让它过去吧！"她紧紧地抱着郝桃花。文思宁看着桃花满眼的泪水，语重心长地说："如果你俩不介意，我们一起举行婚礼，把外地同学全请回来，来一个大聚会，满堂红。"

全体同学爆出了热烈的掌声，经久不息！文思宁与白雪梅一同举杯面向王玉瑶，又扫视一下同学们，说："我俩敬大班长：在我受难之时，玉瑶不断到附院了解我的情况，并宽慰我，解除了我的惊惧。"

他为三人都斟满酒，"感谢大班长的周旋，解除了我们三人的矛盾，使我们和好如初。"随即，举杯一饮而尽。王玉瑶激动得也一饮而尽。郝桃花抢下白雪梅的酒杯一饮而尽说："她不能再喝了，我知道她不能喝。"

白雪梅不由自主地抱住了郝桃花，眼里却闪着泪花。郝桃花紧紧地抱住白雪梅，声泪俱下地说：“谢谢你能原谅我。”

文思宁又给三人斟满酒，举杯面对王玉瑶说：“这第三杯酒，祝贺你英雄救美，收获了一段好姻缘。”两人干杯痛饮。

场面沸腾了，同学们纷纷举杯表示祝贺。两对新人举杯议决：就定在正月初八举行集体婚礼。

两对新人和王宇璜耳语。随即，王宇璜举杯向大家宣布：“文思宁和白雪梅以及王玉瑶和郝桃花正月初八举行集体婚礼，这是我班破天荒的喜事，恭请各位光临！为此请大家干杯。”一时间，掌声雷动，欢呼声起。

祝贺声声，新人喜泪相拥……

难忘真情

序

小说取材于20世纪八九十年代的校园生活。

文章描述了校园生活中教师的工作、爱情、生活的点点滴滴。有终身从教、经验丰富的老教师，有拼搏向上、勤勤恳恳的中年教师，有潜心求教、拜师成长的青年教师。工作的积极进取、爱情的起伏跌宕、生活的酸甜苦辣，错综复杂地交织在一起，展现一幅校园生活的多彩画卷。

春风得意百花开，天上掉下馅饼来。喜中有悲悲中喜，甜中有苦苦中甜。

一

思念是一条河，永远流淌。思念是一条江，翻着波浪。思念是无尽的悲伤，甘愿品尝。那苦涩的甜味，是无尽的安慰。

周浩博常常翻起这首诗，念着它，使人想起那甜蜜的往事，念着它，她的影子就会出现在他的脑海，让他重新品味那已逝的美好岁月。

那天，在楼门口碰见了她，“周校长好！”她笑盈盈地说。漂亮的脸上显出一个浅浅的酒窝。“听了课，提些意见吧！”他说。“会的，”她接着说，“早就听说要从老区调来一位校长，人未到，名已来。我家也在老区，来一趟要 40 分钟呢！”她笑着说，说话声甜甜的。

后来，他知道了，她是一位优秀的语文教师，名叫武梅香，课讲得出色，担任班主任，又是年级组长、教研组长。她 28 岁，未婚，据说条件很好，至今还没有中意的人。

二

放学了，他走出校门，正碰上她推着车子。

“校长，没骑车？”她笑着问。

“车坏了，我坐公交。”他答。

“省下钱吧！我带你。”她诚恳地说。

“汽车方便的，别麻烦你了。”他答。

她随即望了望站牌下等车的人群。

“你能等得上吗？人多又挤。”她说，“上车吧，我带你！”

“那只能是我带你，哪能让你带我呢！”他说。

“我的车你骑不了！”她笑着说，“还是我带你吧！”笑着，嘴角露出浅浅的酒窝。

盛情难却，他听从了。

他们边走边谈。突然，她来了个急刹车。他拥在她的背上，急忙跳下车，她也受惊似的跳下车。

“好险呀！差点掉进了井，那就好看了！”她不惊恐，却笑着说。

原来前面是个开了盖的井，刚刚前轮已经到了水井的边沿了。

“你眼神真好，也真机灵！要是我带你，就要掉进去了，那可真好看了。”他风趣地说。

“哈哈……”她笑着说：“看来你真有福气，有我保驾护航。”

……

她的家已经到了，他家还有一段路。他说："谢谢！不远了，我走着回吧。"她执意要送他，笑着说："是不是怕落下亏欠呀！"无奈，他又一次顺从了。

她的笑脸深深地印在了他的脑海。

三

饭菜可口口口香，美酒杯杯杯醇芳。衷心感恩眼前人，何日容我报君恩。

中午放学，她班的一名学生被汽车撞倒了。她把车子甩给他，扒开人群，命令学生横站一排，拦了一辆车，把学生送到医院抢救，又打电话给家长说明情况。折腾到下午四五点，等学生已脱离危险，她才离开医院。

他一直陪着她处理完这一切。看着她是这么麻利，一股佩服之情油然而生。不平凡的教师，不平凡的班主任，我敬重的女人。

他被感动了。

"我请你吃饭。"他说，"慰劳慰劳。"这话是真心的，她太辛苦，也太操劳了。

"谢谢！"她没有拒绝，想来她一定是很饿了。

进入路边的一家饭店

他给她倒了一杯酒。递给她说："我敬你，为你消除疲劳，暖暖身子。"

"不敢当，校长，你是第一位给我敬酒的校长，我真有些受宠若惊！"她一口饮尽。看来酒量还是可以的。

随后，她给他倒满一杯，双手举起："谢谢校长，认识你很高兴。"

"我也是，说真的。"

她惊讶！眼里放着光。

她似乎对今天的饭菜很满意，或许是喝了酒有了灵感，走出饭馆，随口吟道："饭菜可口口口香，美酒杯杯杯醇芳。衷心感恩眼前人，何日容我报君恩。"

他惊讶了，原来她还是个诗人。如果说刚见面时，他喜欢她的美丽、大方；而今更喜欢她的内在底蕴。

他把喜欢深深地压在心底。

四

美酒杯杯探真情，不吐真情害卿卿。眼前不是糊涂人，装得糊涂点不醒。

他们的接触多起来了。她常到他办公室请示汇报工作，谈论语文教学的方法、体会和改革思路，也常一起骑车回家。

日久天长，他发现他是爱上她了，但他控制着自己的感情，不越雷池半步，保持着校长的尊严，何况她条件极好，真不敢胡思乱想。而他重任在身，也不敢把时间用在儿女私情上面。

周六。

"明天我请你吃饭，来我家认认门。"走在回家的路上，她突然向他发出了邀请。

"这不妥吧？"他沉思良久。

"这有什么不妥的？你不要害怕，我无所求，再说，只允许你请我，难道就不许我回请你吗？"她笑着说，声音有些急促，眼里闪着期盼的目光。

他为难了。该怎么回答她呢？不该去，不敢去，心里一时矛盾着。

"我是诚恳的。"她说，"我知道的，你是怕惹麻烦！你尽管放心，我一无所求，只觉得你没架子，能……我单身一人；你单身一人，怕什么？"

他知道下面的话，应该是合得来。他想如果他不去，会伤了她的心，以后不好来往，而且从她这里还可以了解到一些情况，于是他鼓起勇气从牙缝里说出：“行！”

周日，又是一个春光明媚、阳光灿烂的好天气。

他走进屋。

她笑盈盈地说：“热烈欢迎我们不敢来的校长大人！”多幽默而又刻薄的嘴呀！话虽刻薄，脸却喜色，露出雪白而整齐的牙齿，嘴角显出浅浅的酒窝，齐耳的短发微微地摆动着。

“这不是来了吗？”他笑着说。

她住一个四合院里，正房两间。院里全部是瓦房。院子里有一颗丁香树，此时正开着白花，微风吹拂，散发着阵阵清香。

他脱口而出：“好美呀！好香！”

“是啊！”她接着说，“每到这个节季，我的心情就十分明朗，阵阵清香飘进屋，使人心旷神怡。”

房间布置雅秀，正面墙上是两位已故老人的像，庄重而有神。下面一张方桌，两面各一把椅子。椅垫很高雅，一把绣着鸳鸯，一把绣着荷花。屋中央的小圆桌已摆上凉菜两碟：花生米、调豆芽。一人一把圆凳。土炕铺着花床单，干净平整。锅里冒着热气。炕上方盘里放着水饺，用雪白的笼布罩着。

“请坐，周校长。”桌上圆茶盘里放着已沏好的茶。她拿起壶倒入杯中，端给他。“请用茶，刚沏的，知道你快来了！”她笑着说。

茶毕。圆桌两边落座，她往杯里倒酒。

“尝尝我的手艺。”她笑着说，“批评指点，有利改进！”

她很潇洒，举一杯给他。随即她也端起杯，笑盈盈地说：“酒逢知己千杯少。”他与她碰杯说道：“有缘千里总相逢。”

吃着菜，确实可口。他赞佩她的手艺：“真好！”“多吃点，多喝点，放松放松。”她说，“你太辛苦了，也太累了！不过累也值得。老师们说周校长不仅生得好，而且很会讲话，讲话铿锵有力，还能说到点子上，有号召力，行！”她说着有些脸红，心里咯噔咯噔的，有些慌乱。他急忙给他倒了杯茶，赶紧下饺子去了。谈话中知道，她的父亲是有名的医生，五年前去世了。母亲是一位优秀教师，也在两年前去世了，唯一的哥哥又在自卫反击战中牺牲了，把这老屋留给了她一个人。

他喝多了，头有些懵。

她也喝多了，仿佛更清醒了，只是话多了。

她又斟满酒，与他碰杯，随口说道："春风桃李花开日，芳香萦绕遇恩君。"

"这头一句是白居易的诗句，"他说，"后一句是你的大作。"她举杯一饮而尽。这一杯是感谢酒。她给他夹菜、夹水饺，她又斟满酒，双手递给他，同时举起杯。他说："我不能再喝了！"

"我替你。"她说。随即要接杯。

"不能！"他说，"我喝。"随即一饮而尽。

她很自如地干了："这一杯是缘分酒。"随即吟道，"春宵一刻值千金，与君同饮欢乐中。"

他知道这头一句是苏轼的名句，这第二句又是她的。

他伏倒在桌上，头越懵了。听见她倒茶的声音，并说："喝杯茶吧！"他抬起头，喝茶。过了一会儿，她又夹菜，夹水饺。又斟满了酒，并说："这是最后一杯。"他伏在桌上，微醉，语言不清地说："我实在不能喝了，原谅！原谅！"

"我替你喝。"感觉到她把两杯全干了。听见她说：

"最是一年春好处，与君同饮闺房中。"说着，她脸微微泛红，"这真是个梁山伯，怎么就点不醒呢？"

他感觉有些头沉。但还是清醒的。听见她说的第一句是韩愈的名句，后一句又是她的。

他佩服了，她才学过人。说心里话：他知道她的心意，但此时怎么敢接受呢？怎么敢分心呢？

第二天上午，轻轻的敲门声响起，进来的是她。

“对不起，校长。”她诚恳地说，“我喝多了，放肆了，在你前面班门弄斧，让你见笑了！”

“最后三杯，真不该让你喝。”她接着说，“可我也不知道怎么了？硬是把你灌醉了！”

他想说，酒逢知己千杯少吗？但话到嘴边又觉得不能这样说。

却说：“喝酒嘛，就是这样，你别在意！”

“谢谢校长理解！”她的语调有些别扭。

五

之后，他们的接触反而少起来。除去工作往来，她再不多进他的办公室；回家的路上，除去巧遇，再没有专门的等待。就是巧遇了，话也不多，不见了幽默的对白和活泼的影子。

倒是他有些沉不住气了。

这夜，他辗转反侧，难以入眠。

披衣起身，写下了他的心声：

心常想梅香，寂寞思念情。悠悠东流水，何日是尽头。

又睡，还是睡不着。

披衣又起，随写道：

严寒独自开，迎雪更芳菲。梅香润心田，寂寞长相忆。思君不见君，辗转复天明。

六

后来，他听说她找了个对象。彻夜无眠，辗转反侧。

两年来的相处，他对她有着深刻的了解，她人品好，心眼好，学识高，教学能力强，人缘又好。老师们背后议论，30 岁的人了，该赶紧找对象了。也有人不断地给她介绍。

“是啊！她 30 岁了。”他念着。

“唉！”他长长地叹了一口气。两年来，他把爱压在心底。这么好的人，他能不爱吗？人长得秀气，学识又渊博！他觉得她在不声不响地帮助着他。但他不敢爱。他要用 3 年的时间，把 S 中学推到先进学校的行列，要打出一片蓝天。他能坠入爱河吗？他知道她给了他那么多的暗示，他又不是傻子，能不知道吗？但他只能装着不知道。他不能耽误她的青春。想着想着，他笑了，眼角沁出两点泪珠。又突然想到自己家里的两位老人，他们退休后回到农村老家，临走前一再嘱咐要他带个媳妇回去过年，又不断地来信催问。真是可怜天下父母心！

周日她送来请柬。“五一”举办婚礼，请他参加。他正在写工作总结。

“可以看吗？”她问。

“可以，这是要公开的。”他答。

一不小心，从里面掉出了他写的诗。她弯腰捡起来，读着：

难忘真情（致梅香）

思念是一条河，永远流淌。思念是一条江，翻着波浪。思念是无尽的悲伤，甘愿品尝。那苦涩的甜味，是无尽的安慰。

看着诗她眼里闪着泪花，继而流出了两行清泪。

“浩博，”她第一次直呼他的名字，声音颤抖着，“你是个坏人！伪君子！

没胆量，不说心里话。”她很生气，语速也快，像连珠炮似的。随后，语塞、哽咽。

他站起来，面向窗外，说不出话，悄悄地抹去眼角的泪珠。但是这个微小的动作，她还是看见了。

“我爱你，浩博。”她大胆地说出来心里话。两年来第一次，声音依旧是颤抖的。

这句话说得太晚了，要是早说，也许会挽回局面。

“我也爱你，梅香。”他说，“我对你是一见钟情，日子久了，深深爱上了你。可是……”

她不时地用手绢擦着泪，走近他，双拳交替地捶打他的前胸，哭着说：“木头、书呆子，木头、书呆子！”随即头靠在他的前胸。她不哭了，却静静地流着泪。

他抚摸着她的头。这是第一次。接过手绢，给她擦着泪。

此时无声胜有声。

“浩博，”她终于平静了。转过身面向窗外，看向外面纷纷扬扬的雪。

她接着说，“你错了，我也错了。你的尊严害了你。而我喜欢你，却没有勇气正面表白，怕你拒绝后，我们不好相处，没法工作。我给过你不少暗示，却接不到你一点回应。最后，我大着胆子请你去我家吃饭，大着胆子给了你那么多的暗示，却得不到你……

“我的心终于是凉了，我怀着一丝希望，第二天到了你办公室，你的话让我彻底心寒了。

“于是我下了决心，凑合着找了一个人，以完成我人生规划的旅程。你知道吗？迈出这一步我克服了多大的心理障碍？白天笑脸做人，晚上以泪洗面，辗转反侧，难以入眠。你勾走了我的魂，我的魂却没有着落点，魂飘飘兮，无以落地；心寂寞兮，难以自慰。真的，我难受极了！你能知道我的感受吗？你是工作狂，学校工作上面的起色给你带来了莫大的喜悦，你高兴，我更加为你高兴，这也许是因为爱你的缘故吧！现今说这些有什么用呢？还有意义吗？

“遇见了你，我以为遇到了命定的意中人，我心如花开，浑身有了说不出的干劲。看到你的诗，我又高兴，又悲伤。高兴的是原来你心中有我；悲伤的是我知道得太晚了。要是早知道20天，还有挽回的局面。我们就会走到一起，那是多么美好的结局呀！可是，老天和我开了一个太大的玩笑。”她越说越气，眼里又滚动着泪花，接着说，“你也是，爱一个人又不敢说，不像现代人，倒像是古人那样封建。不对，你连古人都不如，古人还能突破枷锁，争取幸福。《西厢记》里的张生和崔莺莺，是经过何等的艰难才走到了一起？穆柯寨的穆桂英把杨宗保打下马，绑回营而成就了美满的姻缘。而你……不说了，我说了我想说但不该说的话，心里反而舒坦了。

“你暗示一下也好嘛！可是没有！没有呀！就是有那么一点点也好呀！可是没有呀！”

她滔滔不绝地说着，越说越激动，不断地用手绢擦着眼角，不给他张口的机会。

稍后，她又说：“我不想离开你，我亲爱的人，这是何等的悲伤呀！风萧萧兮易水寒，壮士一去兮不复还！”

突然她不说了，眼角滚动着两颗泪珠。沉默良久，她说：“从此我再不能为你保驾护航了，……但我永远忘不了你！”

他该说什么呢？说什么都晚了。他面向她，她已是满面泪痕了，嘴唇颤抖着，随后低下了头，擦泪。

她突然抬起头，悲伤地问：“你会想我吗？”

他拉开抽屉，取出写好的诗，递给她。

她接过来，哽咽地读着：

爱之歌（写给梅香）

（一）

你赌气而去，带着无限的忧伤！难道说：这一次离开就不再相见。迎着你是雾一样的惆怅，背过身是云一样的怀想。

（二）

和你在一起的日子，万分舒心！而今，你去了留下无限的惆怅。常常在梦中相见，给我短暂的欢乐。醒来，泪湿双枕。还是想重回梦中。

（三）

寄给你我的谢意，还有我的感激。忘不了你给我的勇气，终生铭记。任时光流逝，永相忆。

读完，她瘫坐在椅子上了。两行清泪滚动着流到嘴角，嘴角抽动了一下，又低下了头。良久，她突然又抬起头，悲伤地说："我想退掉这门婚事，你说能吗？我被拴死了，他是我父亲的好友，院长的孩子，介绍人又是我父亲的好友办公室主任，我该怎么办？我该怎么办呀！……解不脱，解不脱了！"良久，她慢慢地站起来，面对面地靠近他，悲伤地说，"认识你是甜，甜透心窝；离开你是苦，苦不堪言。俗话说，苦尽甘来！我们能吗？"她看着他，身子颤抖着说，"我好冷，我好冷呀！你抱抱我吧！"

他紧紧地抱着她，颤抖着声音说："我对不起你呀！我永远忘不了你，我永永远远都忘不了你！"他给她泡了一杯红糖水，端给她。她喝完，开心地笑着说："第一次敢在你面前这么放肆、撒娇。可惜太晚了，我没有这个福气！"

七

心心相印两颗心，都说感恩不忘恩。话里是否有隐情，日月长河见真诚。

婚礼在麦香村举行。麦香村是200年历史的老字号了，门面富丽堂皇，里面豪华典雅。走入大厅，如入仙境。

S中学来参加婚礼庆典的人不少。当周校长步入大厅时，看见丁芳在为客人安排座位，她今天喜色溢人，上身着白底碎小红花翻领衫，天蓝色纱巾飘在胸前，下身是黑色百褶裙，齐耳的短发油光锃亮。她看见周校长步入大厅，小跑似的走过来，S中学的来客已经坐满三桌了，于是她笑盈盈地引周校长坐在领导席上。

婚礼开始了，新郎新娘挽手步入大厅。新娘身穿红色婚纱，庄重而典雅，飘逸而大方，只是表情有些呆滞。

一首首欢快的乐曲，一声声嘹亮的贺词，一句句敬酒中美好的祝福，使整个大厅充满了喜庆的气氛。

新郎新娘走到领导席间，新娘首先举杯到周校长面前，声音有些颤抖地说："谢谢校长，能在百忙中参加！"他接杯一饮而尽，声音有些颤抖地说："祝你们百年好合，花好月圆。"

新郎新娘走后，周校长坐不住了，他心里像打翻了五味瓶，于是向在座的各位说："我有点事，早走一步，各位慢用！"

武梅香看见周校长快要走出大厅，快步追过来说："你要走，吃好了没？再待一会儿吧！"她知道他没吃好，想让他多待一会儿。"吃好了，我有点事儿，先走了。你抽空儿吃点儿吧，空腹喝酒受不了。"她从心眼儿里感谢校长对她的关心，她眼角沁出两点泪珠，望着他远去的背影，感觉他步履有些狼狈，随即她长长地叹了一口气。

"五一"假期过后的第三天早晨。

电话铃响了，听筒里传来武老师微弱的声音："我回家了，你……来……"

他急忙来到她家，见她头发散乱着，满脸泪痕。他摸了一下她的额头，滚烫滚烫的。

他急忙把她送到医院。她高烧40摄氏度，心脉微弱，大夫马上给她输了液。一位女大夫骂他："你是个不负责任的男人，这姑娘都虚脱了。再晚一点儿送来你试试！"

他吓得出了一身冷汗，他太粗心了！丁芳在电话里告诉他："'五一'后武老师正常上班，不用安排人顶课。"他当时只觉得武老师高尚，婚假不满就上班，后来才知道，新郎常舒心在下车回婚房时猝死。

武老师一出院就上班，满脸喜气地和学生们见了面。她知道自己带给学生的应该是正面的。她不会影响学生的情绪，以免影响学生的学习。

下课了，她走进他办公室。"晚上我请你吃饭。"她笑盈盈地说。

"不能。"他说，"只能是我请你，出院就上班，真是马不停蹄，让我怎么说你好呢？"

"今天只能是我请你。"她笑着说，"救命恩人！"

"好好好，就依你。"他说。他想，到时候，抢先买单不就行了？

到饭馆坐定后，她为他点了醋溜里脊。他为她点了松仁玉米、鱼香肉丝。她还要一瓶二锅头。

"还敢喝酒？！"他问。

"酒逢知己千杯少，怎么不敢？"她答。

他一时讲不出话来，这句话如果他早说，也许会改变局面。她见他默不作声，接着说："我说这话没别的意思，只把你当知己，感恩而已！"

说着，饭菜上桌了。服务员问"主食"，她答："葱油饼两张。"

他依然默不作声。她斟满酒举起一杯给他，随即自己也端起说："校长，怎么不高兴呀？"

他抬起头，眼里却闪动着泪花，激动地说：“太高兴了！你使我感动！”

“我怎么能感动你呀！你救了我，我感谢都来不及呢！”

“你呀！带病上班！”

她听了，哈哈地笑起来：“初三了，时间就是金钱，一寸光明一寸金，中考倒计时了！”

是啊！他想：这届学生明年就毕业了，就要走上中考战场了。她要是不上班，不仅影响她这个班，而且影响全年级。

此时，她又斟满酒，举杯相碰，激动地说：“救命恩人，我永远感谢你！”随即一杯而尽。

他也举杯一饮而尽，激动地说：“你才是我的恩人，我今生今世不会忘记你。”

这才是：

心心相印两颗心，都说感恩不忘恩。话里是否有隐情，日月长河见真诚。

八

爱压心底春与秋，不露声色心尤苦。心不甘心吐真情，吐了真情又寒心。

今夜无眠，丁芳怎么也睡不着。后天就是“五一”了，是梅姐结婚的日子。在她的印象中，他总觉得梅姐和周校长是天生的一对。梅姐是那样地喜欢周校长，她对周校长工作的支持和默契，真是天衣无缝，她带的这一届真是没说的，现在10个班的班主任团结得像一个人似的，都在为年级组整体着想，班主任和任课老师处得也像是一家人。她觉得周校长是认可她的，俩人怎么会没成呢？就是梅姐眼高，也不会看不上周校长吧！她现在的爱人难道能比周校长强吗？不可思议。要不然人们说她是带刺的玫瑰，可望而不可即。难道是周校长看不对眼吗？这真是个谜！周校长如果看不上武梅香，那真是他没福。

丁芳其实很喜欢周校长，但是她把爱深深地压在心底，从来不敢套近乎。否则，不是成了第三者了吗？怎么对得起梅姐？！如果是梅姐看不上周校长了，那她就可以试试！如果是校长不喜欢梅姐，那她就靠边儿站吧！试也不用试，她是很有自知之明的，不要自找烦恼吧！

她翻了翻身想睡，却面向窗户，半轮明月把它的光辉射进了窗，洒在她的床上，使她睡意全消。她不由得发出感慨：明月啊！人们常说月老会牵红线，你圆的时候我们能不能圆？她翻过身背对明月，想睡着，可还是睡不着。那天在听了她的课之后，他说：“你的课讲得很好。英语水平可谓是咱们学校第一。发音准确，音色甜美，讲授清楚。今后要在互动上下功夫，做文章。比如说让学生扮成角色，互问互答。还可以编成短剧，让学生进入角色，提升学生的兴趣。学生有了兴趣，就会学进去……”

她试着做了，效果确实不一般，提高了兴趣，更提高了成绩。

明天她想见见校长，向他汇报一下英语教学情况。当然，这是引子，实际上她想知道校长对她有没有好感。

第二天。

丁芳敲门进入校长室。周校长笑着说：“请坐！”

她向他汇报了英语教学情况和学生的学习情况。周校长中途插话：“学生成绩有了很大的提高！你没有白辛苦，把那几个差生补一下短板，要不他们越落越远越没兴趣，真就不好办了！”

她心想：他准是看了这次的成绩单，要不怎么知道得这么清楚？他可真上心！一股佩服之情油然而生。

“是的，校长，您说得对！我一定要把这几个学生拽上来。”

“明天，武老师的婚礼，您去吗？”

“去！学校就是她的娘家，我是她的娘家人，怎么能不去呢！”周校长说，“武老师很可怜。父母双双去世，唯一的亲人——哥哥又在对越自卫反击战中牺牲了。”

“是啊！真让人痛心！”她说。

“她把全部精力都放在学校了。”他说。

“真是贤才呀！”她已经断定周校长是喜欢梅姐的，他对梅姐了解得这么清楚。难道说是梅姐不喜欢周校长了？真是越想越糊涂。

不管怎么说，梅姐明天就要走进婚姻的殿堂了。她觉得一块馅饼就要从天上掉下来了，这是我等来的幸福呀！只要他周校长同意，不久我就会像梅姐一样领证结婚。可是怎么向周校长表白呢？她怎么能张得开口说得出这话呢！想到这里，她觉得脸红了，脸上热辣辣的。她不能再待下去了。

她说：“我还有事，告辞了，校长，您的话我记住了。我一定设法把这几个短板补上。明天见！”

晚饭后，她回到了自己的小屋。她在想心事，怎么和他说呀！当面表白多不好意思呀！万一被拒多难看呀！想来想去，她觉得写信最合适。从邮局寄给他，他若不同意处朋友，只当没收到信。但是她感觉校长这人非常认真，他一定会回信的。那也好，不致尴尬。于是她写起来。

尊敬的校长，您好！

我有一事想和你商量。我知道你没有女朋友，我想和你相处。不知你是否愿意？请回复！

一位敬佩你的人

丁芳

四月三十日

写完，她看着，自己也觉得好笑。这么直白，真会让人笑掉大牙的。

揉成一团，扔了。又写：

亲爱的浩博，当我第一次见到你，就喜欢上你了！我知道你还没有女朋友。愿和你相处。你愿意吗?

写到这儿，她急切地看了一遍，笑起来，心想：你也真是的，讲课能说会道，今天怎么就不会说话了呢？八字还没见一撇，就敢称人家亲爱的。

她苦笑了一下，揉了又写：

尊敬的周校长，您好！

今天我冒昧地给您写了这封信，请你在百忙之中，抽出点儿时间把它看完，我就非常高兴了，我先谢谢您。自从您来到咱们学校，你那挺拔的身材、幽默的语言、严密的思维、热情和蔼的态度、细致稳妥的作风，都给我留下深刻的印象。特别是那步步为营、一步一个脚印的工作方法，更使我佩服！随着时间的推移，我越来越觉得，我是喜欢上您了。入党会上，你语重心长、慷慨激昂的讲话，令我终生难忘。日久天长，我更是爱上您了，于是我更加努力地工作，成绩显著提高，这也许就是人们所说的爱的力量吧！

然而我隐隐约约地发现，梅姐在爱着您，所以我只能把爱深深地压在心底，不能露出丝毫的马脚。

而今梅姐的心已有归宿！新郎官常舒心是一个不错的小伙子呢！

我的爱终于可以大胆地说出来了！

一个十分爱您的人

丁芳

四月三十日

从来没谈过对象，虽然有人追她，但她都一口回绝。她暗下决心，她的课达不到的优秀率决不谈恋爱。然而这么好的机会，她是应该抓住的。今天是她第一次写情书，真费劲儿呀！她总算把自己的心声表达出来了。

她打算“五一”过后，一上班就把信寄出去，当天他就会收到。

然而第二天一早，她接到了武梅芳的电话。武梅芳断断续续哽咽着说：“他走了！”

这简直是一瓢冷水从头浇到了脚，她可怜她悲惨的遭遇，也感叹自己的不幸。她的心凉了。

九

福倚祸兮祸伏福，欢乐声中悲声来。哭断肝肠唤不回，苍天不佑美娇娘。

常舒心第一次见到武梅香时，仿佛是仙女站到他身旁，真是柳叶眉，杏壳眼，樱桃小口，鼻准丰隆面如月，黑发油亮如瀑布般散在腰际。介绍人告诉他武梅香是一位出名的语文老师。他真是喜出望外，感谢上天把这样的美娇娘送到他的身边。这真是：

忽如一夜春风来，喜鹊登梅乐开怀。娘子真是天仙女，落入常家福绵绵。

庆典这天，敬酒完毕。同事们拉着他和新娘坐到这桌。同事手举大拇指，赞扬他是福气多多之人。赞美声中，一位同事站起来，为新郎新娘斟满酒说：“这第一杯酒是交杯酒，新郎新娘挽臂一饮而尽。”众人大声说：“好！”随即，又斟满第二杯，说：“这杯是龙凤呈祥，花好月圆酒，想当年刘备在东吴招亲，留下这美好的佳话！”新郎新娘推不开，遂碰杯又一饮而尽。随即又酙满第三杯，说：“这杯是早生贵子酒！”大家哈哈地笑起来。吃了两口菜，另一位站起来斟满酒，说：“这杯酒祝你们工作顺利，事业有成，家庭幸福美满！”新郎站起来说：“她不胜酒力，不能再喝了，大家谅解。”另一位站起来俏皮地说：“没入洞房就关心上了！”听罢，大家都哄堂大笑。另一位说：“新娘就喝这一杯吧，以后就免了！”大家附和。

另一位站起来给大家斟满酒说：“常舒心，常舒心，今天开始让你更舒心！”……欢笑声、祝贺声、碰杯声，杯杯干空，亮杯示好。直喝得昏天黑地方罢休。

在回洞房的车里，常舒心头靠后座，昏沉不醒。车到了，新娘扶他下车，他晃悠着摔倒在地，但怎么扶也扶不起来，等把他送到医院，他命已归西。

新娘哭破喉咙，也没唤回她的新婚先生。

这真是：

乐极生悲自古有，喜上心头莫妄为。美酒佳肴虽最美，过头阎君也请你。

第二天一早，丁芳家的电话响了，她拿起听筒，听见是梅姐哽咽的声音，断断续续地听见说，他走了，然后便是放声大哭。可怜她的梅姐有如此不幸的遭遇。丁芳哽咽着声音说：“我马上过去！”

她到了梅姐的婚房，就她一人冷冷清清地躺着，满脸泪痕。见丁芳进来，她挣扎着坐起来，哇的一下又哭起来。丁芳抱着梅姐哽咽着说：“不哭了，身子要紧！我给你做点儿饭吧，想吃什么？”

梅姐摇着头说：“什么也不想吃。肚里憋得慌！”

丁芳说：“不吃哪能行呢？人是铁饭是钢呀！”

丁芳走出厨房时，端出一碗加了荷包蛋的手擀面，扶梅姐起来吃。梅姐勉强着吃了几口，再吃不下去了。她放下筷子，沙哑着声音说：“不要告诉校长，你只给我传一句话，‘我准时上班儿’。”

丁芳心想：“这时候了，她还挂念着校长，她心里还是有校长的。”唉！

可怜的丁芳呀！巧在没有把信寄出去，要是寄出去，不就坏事儿了？

十

冲锋号起战鼓擂，千军万马冲向前。妙笔生花出奇文，含苞待放万花红。

人山人海，人头攒动，忙而不乱，有序入场。千叮咛，万嘱咐，周校长和初三全体班主任及科老师目送一个个学生步入考场。

这是3年来的大检阅，也是最后一个七字令“实践中立竿见影”的大检测。这是1000多个日日夜夜的大聆想。

美好诗篇何处寻，十年面壁夜深沉。高楼望尽天涯路，烛火不负苦心人。①

苍天不负苦心人，S中学破天荒地中考排第3名。单科状元都出在S中学——武梅香班上出了语文状元，文昌班上出了数学状元，丁芳班上则是出了英语状元。教务处贴出了大红喜报。武老师、文老师、丁老师一齐涌进了校长办公室。周校长激动地把他们拥入怀中。

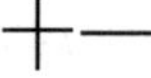

十一

梅花朵朵开，芬芳入心怀。愿君早采撷，莫误好时机。

一年一度的教育工作表彰大会。

大礼堂坐满了来自全市各学校的领导和老师，喇叭里放着轻快而有节

① 内蒙古诗人张之涛诗句。

奏的音乐。领奖队伍鱼贯而行，从左上，从右下，有条不紊。

主席台就座的是局领导和各科室的领导。首批走上主席台领奖的是先进学校和优秀学校的校长。获奖的校长面对每一位颁奖的领导，握手，双手接过锦旗，照相，向台下行礼。观众的视线都盯在S中学年轻有为的周校长身上，惊奇他是用怎样的方法把这样一所中学带到先进学校行列里的。

接下来受奖的是先进教育工作者。周校长又一次走上领奖台。这一次为他发证书的正是局长，局长紧紧地握着周浩博的手说：“恭喜你，我没有看错人！”他深深地向伯乐鞠了一躬。接下来是优秀教师的领奖队伍，每批都有S中学的老师，有古月琴，姚鹏飞、薛贵、文昌、武梅香、丁芳、宗丽等。

散会了，老师们目接他从第一排走过来。他伸开双臂，老师们也伸开双臂，大家抱着一团。老师们饱含着激动的泪水说：“我们谢谢您！”周校长更是激动，他深情地说：“要是没有你们，就没有我周校长的今天！也没有S中学的今天。你们给我的大力支持和孜孜不倦的努力，促使我有了完成任务的刚毅决心，才使我们有了今天的辉煌成绩。我小周向大家鞠躬了！”

老师们忙说：“不敢当！不敢当！”

周浩博和武梅香并排慢行在回家的路上。

“今天周日，放松放松！”武梅香说。

“是的，我今天特别高兴。”周浩博说。

“我请你吃饭。”武梅香说。

“好！你点菜，我买单。”他说。

“不行！必须我买！”她说。

“为什么呢？”他问。

“饭桌上分解！”她答。

进入饭店，坐定，她为他点了滑溜里脊，他为她点了鱼香肉丝、松仁玉米，她又要了一瓶二锅头。她问："主食要什么？""米饭。"他答。"听我的吧！要糖饼。"他问："为什么？"她说："一会儿分解！"

菜上桌。她斟满酒。"我今天敬你三杯酒。"她说，"这第一杯酒，感谢你从死神面前把我拉回来！"举杯相碰，都一干二净。随即她给他夹了菜。

"这第二杯酒，感谢你给了我生活的勇气！"他想着她那委靡不振的状态。是他开导她摆脱了阴影，恢复了青春。

"这第三杯酒，感谢你拉我走上了正确的道路，又给了我荣誉！"他想着她第二次萌发出的干劲和无穷的智慧。她说："周校长，你是我的救世主，我永远感谢你！"

他今天的高兴无法形容。3年来的努力拼搏，实现了他上轨道、上台阶、成名牌的理想。为了实现这个理想，他把爱情紧紧地锁在心底，全身心地投入工作，致使武梅误解了他，差点造成不可弥补的遗憾。苍天有眼，当她在死亡线上挣扎的时候，他出现在她的面前，从死神面前把她拉回来。

他激动地说："梅香，我今天也敬你三杯。这第一杯酒，是感谢酒，感谢你对我的理解、谅解！"这杯酒他想得很多，他隐藏了真情，致使她草率地安排了自己的婚姻。而常舒心的暴亡，使她跌入深渊，不能自拔，而他把她拉起来，他使她重新焕发了青春。她眼里闪着泪花，万分激动地说："校长，我从内心衷心感谢你。"

真是往事不堪回首。他眼里也闪着泪花，深情地说："谢谢你，谢谢你呀！我敬重的武老师。"

他给她夹菜。"多吃点，不能光喝酒。"此时，糖饼上桌，他随即给她夹了一小块。

"这第二杯酒，是感谢酒，感谢你对我工作上热情、大力的支持。3年来，你把这个年级从初一到初三团弄得真像一家人。你有一股劲儿，拼搏向上、永不罢休的劲，也带动了其他两个年级，帮我走好了整体一盘棋，取得今天的胜利，使我们学校闯进了先进学校的行列。"

"谢谢你这么看好我。平生我第一次有这么高的荣誉，真是谢谢你！"她脸上现出了光辉，眼睛灵动地转着。她给他夹了菜，夹了块糖饼。

他接着说："第三杯酒，祝你成为一名优秀的人民教师！"她笑着说："谢谢！谢谢！您简直把我捧到天上了！您知道今天我为什么要糖饼吗？"没等回答，她接着说："就是想让我们从今以后再也没有坎坷，再也没有苦，甜甜蜜蜜地生活下去！"她要糖饼的寓意，她知道，而他却不知道。她有顾虑，又不敢说。

此时，他正抬头望着墙上的一幅画，画面上，朵朵红梅正鲜艳地开着，一只喜鹊飞落在枝头，上面写着"喜鹊登梅"。他正想着这位画家可真有思路。他只听见她说话，可没听清楚她说什么，低头问："你在说什么？"她又重说了一遍，随笑着问："你在想什么？""我突然发现了墙上这幅画。"他说，"画家可真有思路：红梅朵朵开，喜鹊飞上来！"他示意她看画。

她看着，随口说："画家爱梅花，所以才能画得这么好，真是出神入化呀！难道你不爱梅花？"

"世上没有不爱梅花的人，梅花开在严冬，在漫天飞雪中开出鲜艳的花朵，真是：梅花朵朵开，芬芳入心怀。"

听他言，她眼睛亮了一下，觉得他还是爱着她的，于是接着话茬说："愿君早采撷，莫负好时光。"

他想，一年前，他扮演了梁山伯的角色，使她误会他不喜欢她，造成了不舒心的悲剧，我再不能耽误她了。于是他说："带刺玫瑰不敢摘，空有爱梅心。"

喜悦涌上她的心头，她知道了他心中是爱着她的。于是说："带刺玫瑰不扎君，早已入君心。"

他听言高兴了，随斟满酒举起，她也举起。他说："我心常怀君，终不见君心。今日见真情，喜煞梦中人。"

他随即一饮而尽，亮杯给他看。她更高兴地说："波折毁了心，想君已远行。谁料君存梅，我心永侍君。”

随即高兴地一饮而尽，说：“浩博，今天我的心才掉在肚里！”他说：“你没记恨我，我已经觉得我是烧了高香了！你还能爱我，我觉得是烧了八辈子高香了！”

她原本想，她已结过一次婚，虽然是空头的婚姻，但程序上她已是结过婚的人。她觉得他是不会再爱她了，想不到他依然爱得这么深，真使她感动。她激动得眼里闪着泪花，颤抖着声音说：“愿我们花好月圆年年春。”

他接着说：“愿我们龙凤呈祥福绵深。”

举杯相碰，一饮而尽，亮杯示好。两人相视，会心地笑了。

她不放心地说：“这次可不能变心。”

他说：“我从来都没变过心。”

她问：“那你为什么不表态？”

他说：“表态就坏事儿了！”

“为什么？”她急着追问。

于是他给他讲了来S中学的故事。

3年前。

8月的一天，局长请他到办公室，说：“局会议研究决定，调你到S中学担任党政一把手。大家认为，你是一名优秀而出色的教导主任，而你在这里的才干还没有全面发挥出来。去S中学担任校长兼书记，你会充分地发挥才干，我相信我的眼光。”

这是好事，他从心眼儿里感谢局长对他工作的认可和肯定。可是这副担子怎么能挑得动呢？要是挑不起来或者挑不好怎么办？

局长见他良久不语，面有难色，哈哈地笑起来，说：“杨金花、杨文广敢在教场夺印，你难道给印也不敢接吗？”

稍停，局长又接着说：“我们要培养一批年轻人充实到教育教学的领导岗上来，在局务会上大家一致看好你。你是我们选中的第一候选人。”

他听人们说，局长最会用激将法，果不其然。

局长在用杨金花、杨文广来激励他。他何尝不想接这个印呢？这真是天上掉馅饼的好事呀！实际上，这是命令。党指向哪里，他就冲向哪里，这是他入党时的誓言。他鼓起勇气向局长说："我服从命令，听党指挥！"

"这是一所新建的完全中学。"局长说，"从建校起，老校长就在这儿战斗着。他习惯了，连库房的钥匙他都带着。什么东西放在什么地方他都一目了然。他的辛苦是全教育系统出了名的，但是学校始终处于中下水平。这所学校在市区的东南角……在结构改革中取消了高中，是想集中精力把这所学校打造成一个家长们向往的初级中学。"

局长简单地介绍了这所学校的情况，最后语重心长地说："使命光荣，任重而道远！"

那夜，他在日记中写下了誓言："……使命在身，不辱使命，全身心地投入学校工作。"

所以当武梅香发出爱的信号时，他只能装着不知道，她那炽热的语言，眼里火一样的射向他的光芒，那诗情画意的暗示，难道能不点燃他的爱火花吗？他压着，用最坚强的毅力压着，不露分毫。然而一年前，当他看到亭亭玉立、美若天仙的她已为人妻时，也不免有些无法面对。

但他转念又想：大禹治水，三过家门而不入。我就不能事业不成，绝不分心吗！他在教工大会上，提出九字方针：上轨道、上台阶、出成绩。这是他保守的提法，他暗下的决心是：上轨道、上台阶、成名牌。那就是说，要闯入先进学校的行列。

他脑子里又出现了局长送他到学校的场景，那是开学前的教工大会。

局长风趣地说："年轻的学校配上年轻有为的校长，加上干劲儿十足的老师，能不打出一片光辉的蓝天吗？"台下沸腾了，响起了雷鸣般的掌声，经久不息。

老校长讲话了："如局长所说，希望我们全体教师全力辅助年轻的周校长，走出困惑，走向光辉的明天！”

轮到他讲话了：“今天局长把我送来，老校长把我接来，全体教职员工欢聚一堂欢迎我来！我内心充满无限的喜悦,我表示衷心的感谢！”随即，他向局长鞠了一躬，向老校长鞠了一躬，又面向台下全体教工鞠了一躬。

台下响起了雷鸣般的掌声。

他接着说：“尊敬的全体老师，我把你们比作大海，而我是一滴水。一滴水只有融入大海才能发出光辉；如果滴落在沙滩上，马上就会消失得无影无踪。”

台下响起了雷鸣般的掌声，经久不息。

他的表态，深得人心。

散会后，三三两两在议论：“这么年轻。”“长得倒是挺好，文质彬彬，眉清目秀。”“讲话铿锵有力,看有几把刷子吧！”“老校长多少年那么辛苦，都没把教学搞起来。他？我看有点儿嫩！”老师们悄悄地议论着。

这些大厅里的议论，他是隐隐约约听到的。这是考验他的时刻，于是他又一次亮剑：一定要全身心投入学校工作，做出成绩。

她全神贯注听完他的故事，肃然起敬。她久久地默不作声，眼里却闪着泪花。良久，她绕过桌子，坐到他身边，斟满酒说：“这杯酒，我敬你。我亲爱的浩博！今天我第二次放肆地敢直呼你的名字，在你面前又一次撒娇，是因为我看到你一颗金子般的心和爱我的一颗真心！我几乎错怪了你！”她随即一饮而尽，又夺过他的杯子一饮而尽，说：“我高兴，但不能让你再喝了！”

他高兴，心有所思。不由得抬头又看那幅喜鹊登梅的画，说：“感谢你这个大媒人。”

她看着画，感慨而幽默地说：“画家呀！你知道吗？你的画办了一件天底下最好的事儿，可惜我不知道你在哪里？我要是知道你在哪里，一定请你喝喜酒！”她看着他，笑了；他也看着她，笑了。随又说：“人在高兴的时候，说出话来也叫人高兴！”

她低头不语，笑了，笑得是那么甜。

十二

初出茅庐心尤细，一步一梯泰山移。走出去开阔视野，请进来传经送宝。坐下来深钻细研，实践中立竿见影。

周一上午 9 时，在小会议室召开行政会。

那是他上任后召开的第一次行政会。他首先到了会议室，迎接副校长和每一位环节干部。握手，嘘寒问暖。他说：“本周我们提前开行政会，以后还是周五上午 9 点开。请大家开会前安排好各处室的工作，准时开会。不得迟到。

“今天我们是认识会、谈心会，实际上就是让我认识各位，了解各位。”

他首先说：“局领导过分抬爱我，让我来咱们学校担任党政一把手，我真受宠若惊。受命而来，这就需要在座的各位精心扶持我，如局长所说，打造 S 中学光辉的蓝天。”随即，在座的人员都简短地作了自我介绍。

最后，他说：“在座的都是学校的顶梁柱，要固守岗位，发挥才干，力争上游，互相配合，下好一盘棋。牛校长分管后勤，弓校长分管政教，我侧重于人事和教学。”会议简短、明快，环节干部都面带喜色，他们心中的担忧都解除了。新校长上任，往往要换人，但周校长的话，使他们铁了心，他们能不好好干吗？

没有调查就没有发言权，掌握第一手材料，这也是周浩博的工作准则。

深入课堂听课；串办公室，听听老师们的心声；晚自习串班，了解学生的情况：老师今天讲的听懂了吗？

首先要听年级组长、教研组长、老教师、骨干教师的课，然后是年轻教师的课。

他听完课，不交换意见，而是带着凳子到另一个班听。老师们等着交换意见，但是没有。老师们私下说："周校长挺奇怪！听完课不声不响地就走了。"但是发现，下一节课时，周校长又在后面坐着；再下一节课时，周校长还是在后面坐着，有的连听 3 节。下课后说："来吧，到我办公室聊聊。"

凡事不要以点带面，这是周浩博的办事原则。听课也是这样，要听完一个章节。

被听课的老师从心眼儿里服了。"不简单，不简单。优点点得明，不足说得准。"其中，武梅香的课给他的印象最深。他听了 3 课时，完整的一课，从起始到结束。

她的板书规整，字迹清秀而美观；范文朗读，抑扬顿挫，感情真挚，声音清丽；分析课文，步步为营，环环相扣，清楚透彻；师生互动恰到好处，起到了启上承下的作用。

他感到听她的课是一种享受，犹如看了一场名演员的戏，又如吃了一桌名厨师的饭。尤其是那潇洒自如的动作，清丽如玉珠滴盘的声音，久久地留在了他的脑海。

这样的教师多些该有多好呀！然而，不多。还有一位老教师文昌，再有 3 年退休。教授数学，方法得当，板书工整、清楚，解题清晰，很受学生欢迎。他教的班，成绩历年来都不错。现任初一十班的班主任，数学教研组组长。本来可以不带班了，但他向老校长请求继续带一届。用他的话来说就是"退休要满堂彩"。

还有一位年轻的英语老师丁芳，课讲得很好，发音准确，音色甜美，但成绩总是不理想。合格率是没问题，但她想要的是优秀率。她有股劲儿，从来不气馁。有人给她介绍对象，她说："成绩上不去，不找！"周校长很赞扬她这种精神。他听了她的课，肯定地对她说："课讲得很好！但是互动少，吸引不了学生，开小差的学生多。你在这方面下些功夫，你所要的优秀率肯定能达到。”周校长想：这位教师热情、信心足，自我要求高。必须用好！

丁芳和武老师同岁，只是生日小一些。她亲切地叫武老师“梅姐”。并从心眼儿里佩服梅姐。

个别老教师，备课不多下功夫，讲课在吃老本，自认为是轻车熟路了，但都是按部就班，不迟到，不早退。作业改得很仔细，回答学生的问题很认真。周校长想：得让老教师动起来，让他们做好传帮带的工作，发挥更大的余热。

听了几位中年教师的课，他觉得要让中年教师起到骨干作用，首先要自身过硬，有改革意识、创新意识，刻苦钻研，吃透教材，勇挑重担。对青年教师，要求他们潜心求教，甘当徒弟，刻苦向中老年教师学习。他的这盘棋能走好吗？他心里已有一个全盘的计划。

周末下午 4 时召开教职工大会。他提前 10 分钟坐到主席台上，用热情的目光迎接每位教工的到来。副校长和环节干部四点前都已就坐在主席台上，老师们也都进入了会场落座。老师们心里有一杆秤，要看看今天的会议有没有干货。

办公室主任古月琴宣布大会开始，请周校长讲话。

“首先祝我校退休的教师身体健康，万事如意，福如东海，寿比南山！”台下响起了雷鸣般的掌声。老师们第一次听到校长对退休教师的祝福，一股暖流冲入老师们的心田。“祝我们在座的各位身体健康，精神愉快！扶助新一届领导班子打造 S 中学美好的蓝天！预祝我们成功！我相信，有全体老师的全力辅助和拼搏战斗，我们一定能够成功！我们一定会打造出 S 中学光辉灿烂的明天！”台下又一次响起了雷鸣般的掌声，老师们心里热起来了。

他坐下，接着讲：“从今天起学校实施九字方针：上轨道，上台阶，出成绩。配套措施是：一、走出去开阔视野，请进来传经送宝，坐下来深专细研，实践中立竿见影。二、实施配套的奖励制度（中考），设立单科合格率奖、单科优秀率奖、单科市级状元奖、单科校级状元奖、班级合作奖、班主任奖、年级组长奖、教研组长奖、榜上有名旅游奖（对前八名予以奖励）。三、党员要严格要求自己，提高素质，加强党性；献身教育，无私奉献；教书育人，诲人不倦；以身作则，率先垂范；讲究文明，遵纪守法；多思好学，孜孜不倦；勇于探索，博学多才。党团员、入党积极分子，都要对照党训五六字方针完善自己。而且要融入教育教学的大潮，贡献出自己的青春和力量。四、实施全员育人、全面育人的方针。把传统美德教育融入爱国主义教育。特别要加强对学生的爱国主义教育、理想教育，为祖国贡献青春和力量的教育。

"我们的老教师是学校的宝贵财富，他们的经验是永远流淌的河；我们的中年教师是学校的骨干，他们是春天的海；我们的青年教师是学校的未来，是奔腾的江。加上自身锤炼的教学本领：会教、教会。再把学习方法教给学生使学生会学、学会。成为一个善教者。善教者如把学生载入轻舟顺利地驶向彼岸。只要我们的老师能把自己打造成善教者，只要我们的老师能达到会教、教会的目的；我们的学生能达到会学、学会的目的，那我们的教育就成功了，那就一定会打造出S中学光辉灿烂的明天！"

台下，又一次响起了雷鸣般的掌声，他们觉得校长的讲话如战鼓擂响，冲锋号吹响，给人以力量，令人奋进！

十三

今夜无眠，武梅香翻来覆去怎么也睡不着。昨天的支委会上，周书记说的话，简直是独出新裁。

他昨天讲的计划征求支委的修改意见；其次要求党支部把教育教学放在首位来抓。党员中的老中青教师要积极参加到拜师活动中，中老年教师要带徒弟，青年教师要拜师傅，形成一帮一、一对红的局面。武老师要协助教导处抓好这项工作。党支部要善于给教师鼓劲，最后要尽快发展够条件的入党积极分子，把他们放到教育教学上去考察。

文昌老师说，丁芳早就够条件了，各方面表现都不错。特别是在教学上她有股不达目的誓不罢休的劲儿。有位老师给她介绍对象，她说："上不了目标优秀率不找！"

周书记说："组织材料支部大会讨论吧，我们要用好每一个人，用好老教师，让他们把经验留下来；用好中年骨干教师，他们是学校的顶梁柱，要让他们起到起启上承下的作用；用好青年教师，他们是学校的未来，要促使他们尽快成长，潜心拜师尤为重要。"

他想的简直是太全面了，说话面面俱到、滴水不漏。这样的人去哪儿找呢？想到这里，她脸有些热辣辣的，她是真的爱上他了。

十四

久经考验不气馁，红星照我永向前。誓为教育献青春，海枯石烂不变心。

丁芳的兴奋难以形容，审批党员大会上，她是全票通过。宣誓完毕后，周书记的讲话久久地响在耳边。"……宣誓是崇高的誓言，如铁、如钢、如金、如火，永经考验！"

她把这段话写在日记里。是啊，她要经得起考验，凡事都要走在前面，绝不能给周书记和二位介绍人文昌和武梅香丢脸。写完日记，她该休息了。可是翻来覆去怎么也睡不着，周书记的影子老在眼前晃来晃去。这个年轻的校长，每次说话都能起作用，开大会没人迟到，而且大家都聚精会神地听他讲话。那次，他在大会上讲的话很实用，他说："骏马能历险，耕田不如牛；坚车能载重，渡河不如舟；人才贵实用，不可错强求。把这话送给班主任们，你们在使用班干部时，可以考虑，可以借鉴。"她就用了，就是管用。

又一次教工大会上的讲话响在耳边："同志们的交往，要以心相待，要掌握这样的原则：当面说缺点，背后说优点。当面说缺点，等于给他照镜子，他会感谢你；背后说优点，他会记你一辈子的好。背后说别人的坏话，传到对方耳朵里不一定变成什么可怖的话，他会忌恨你，不利于团结。同志们要懂得'良言一句三春暖，恶语伤人六月寒'的道理。"

当时，台下第一排的两位老师低语："话好不充饥，墙上画马不能骑。"这话他还是听见了，于是他提高声音说："但是话好不伤人，墙上画马也是艺术品。请问徐悲鸿的画，画到哪里你不欣赏？"

台下更安静了，仿佛能听到心跳的声音。她心里说：这话说得好，多幽默呀！

她在床上翻了翻身，心想：校长是在拢人心呀！啊呀呀，多会拢人心呀！想到这里，她突然有了联想：要有这样的人，陪在自己的身边多好呀！想到这里，心咚咚地跳起来，脸有些发烧。

她突然长长地叹了一声。

她闭上眼睛想睡，可就是睡不着。他在教工大会讲话的一幕真是激动人心。他说："在鞭炮声中我们欢度春节；在锣鼓喧天、张灯结彩中，我们度过了元宵佳节；在万象更新的大好形势下，我们迎来了新学期。回顾上学期，我们取得了不少的成绩，教育局党委给我校党支部很高的评价；督导组对我们学校教育教学所取得的成绩给予了充分的肯定。

"这些成绩的取得，与在座的诸位是分不开的。不少党员工作认真肯干，教学成绩优良；不少教工团员积极向上，工作肯干。我们的老教师没有躺在功劳簿上吃老本，而是为了带好徒弟，更进一步吃透教材，手把手地教徒弟；中年教师努力上进钻研教材；青年教师潜心求教，在多方面表现出年轻人的活力！'一帮一、一对红'的局面已经形成。

"我们可以自豪地说：学校整体工作已经走上轨道，一些方面已经上了台阶，一些方面正在上台阶。局面已经打开，道路正在铺平，为本学期大踏步地前进奠定了基础。本学期各项工作，要更上一层楼。更要把传统美德教育，融入爱国主义教育和理想教育之中……”

会议结束时，他响亮地提出：“今年暑假，我带领全体教职员工，外出旅游、学习、考察。实现我们的第一个七字令：走出去开阔视野。”

台下沸腾了！老师们高兴地猜测着：“要去哪儿呀？怎么去呀？”

一幕一幕像电影过着，她心潮起伏。

要去哪呀？她想。这么多人，得花多少钱呀？年轻的校长真有魄力！她翻过身，不由得又想这不用你操心！你操的什么心呀……

十五

K90 列车奔驰在苍茫大地上，老师们在车厢中欢歌笑语。

S 中学包了一节车厢。有打扑克的，有下象棋的，有说故事的，有低吟唱歌的……无眠之夜，享尽了人生的欢乐。

东方欲晓，快到北京时，有的老师问：“周校长，不是说去北戴河吗？怎么到了北京了？”

周校长笑着说：“下车你就知道了。”

出站口看见两辆大轿车停在那里，举牌上写：接 S 中学老师。老师们不由得欢呼跳跃起来。车一开动，一路又是欢歌笑语。

老师们惊奇：“校长往哪儿呀！”

校长说：“你看前面！”

此时，进入了西山宾馆，车在一所大楼门前停下来。周校长说：“大家下车听候安排。”

从大楼里走出两位服务员，帮大家分好了房间。每两个人一个标间。雪白的墙壁，雪白的卧具。窗前是波涛汹涌的大海，屋后是风景秀丽的联峰山。大家内心的喜悦写在脸上，如鲜花开放。周校长安排：“今天下午和明天一天都在这儿活动，这里是两千多年前曹操写《观沧海》的地方。下午大家可游泳，体验一下观海忘忧、听涛壮志的意境，也可去联峰山赏风景。”

他带着一瓶饮料，每到一桌，都和老师们干杯。看见他走过来，老师们齐声说：“只要感情有，液体都是酒！”说着，都哈哈地笑起来。他很高兴，高兴的是，老师们的向心力已经形成。

第二天一早,老师们三三两两地出动了。他站在窗前,望着老师们散开,去找曹操的《观沧海》处。不一会儿,有一伙人回来叫他,说“我们找见了”,拉着他去看。

在一块儿开阔地上，大家围看峭壁上曹操写的诗，联想着当年曹操在这里的心境。再看看旁边立着的一块大石头，有被宝剑劈成两半儿的痕迹，传说是曹操劈的。

几位语文老师坐在峭壁下欣赏曹操写的《观沧海》诗文；几位历史老师站在巨石旁，联系着古今逸闻；几位体育老师研习着将巨石劈成两半的动作要领……这些真实的、有趣的故事，能给讲课带来多大的乐趣呀!

大家依次游览了山海关、老龙头、孟姜女庙、长城、避暑山庄等景点。

山海关雄伟壮丽，城楼上雕塑着身披盔甲、手持长矛的武士。老龙头通过人工填海，将一块儿陆地延伸到海里，方方正正。里面矗立着明清将士威武的塑像，那一面面碑文书写着明清将士为国牺牲的可歌可泣的事迹。站在万里长城上，老师们感慨万千，既赞秦始皇的丰功伟绩和为后世留下的宝贵财富，又言及孟姜女哭倒万里长城的故事，指责他劳民伤财、置人民于水火之中的暴虐行径。避暑山庄的宏伟建筑、楼台亭阁的布局之典雅大方，无不给老师们留下深刻的印象。

第二天，老师们依依不舍地告别北戴河，回到北京。

在北京，老师们观看了壮观的升旗仪式，在天安门前留影，漫步故宫、颐和园。这是S中学建校以来第一次组织全校教工旅游。所听、所看、所见、所闻，都给老师们留下了深刻的印象，看到了祖国的大好河山，领略了无数美好的风光，重温了历史人物的爱国情怀和可歌可泣的英雄事迹，无疑是对老师们的一次爱国主义教育。

十六

又一个教工大会上，周校长对此次旅游作了小结。台上是喜气洋洋，台下是热烈沸腾。周校长说："今年暑假我们完成了'走出去开阔视野，请进来传经送宝。坐下来深钻细研，实践中立竿见影'的第一个七字令。国庆过后，我们将要实现：'请进来传经送宝'。"

灵水市 S 中学的教育教学研讨会拉开了序幕。

周校长请来了北京名校校长李树荣，全国模范班主任任秀娟，全国优秀语文教师、班主任范丽荣，邀请了全省 82 名校级领导、教导主任和全市各学校的领导参会。

这是S中学破天荒的一次盛会。台上是分管教育的市领导，教育厅领导、教育局领导、三位嘉宾和校领导；台下是参会的全省各学校的领导和本市各学校的领导和教师。

大礼堂黑压压地坐满了人，过道上站着各教育报刊派来的记者。

名校校长李树荣经常在世界各地讲学，全国模范班主任任丽娟有着丰富的带班经验；范丽荣既是优秀的模范班主任又是出色的语文老师。三位嘉宾在 5 天的时间里就教育教学的方方面面，做了精彩的演讲。市领导和两级领导语重心长的讲话，各地校领导关于此次会议的重要收获的发言，将会议推向了前所未有的高潮。

此次大会长了 S 中学的名气，长了 S 中学老师的志气。在总结大会上，周校长响亮地提出："我们已经完成了'走出去开拓事业，请进来传经送宝'。现在我们要实施'坐下来深专细研'第三个七字令了。我们听了三位北京专家的报告，心里怎么想？要怎么办？要做到什么程度？真正的比、学、赶、帮摆在我们的面前。看人家，看我们，找不足，找差距，携手共进向前进！从现在起，年级组长、教研组长，要组织本组老师认真地做这项工作。”

他响亮地提出："宝剑锋从磨砺出，梅花香自苦寒来。待到百花烂漫时，我为诸君送光彩。

“三位年级组长和各学科的教研组长，都把‘坐下来深钻细研’当作头等大事来抓，教学都有了明显的提高。特别是初三年级，更是突飞猛进。武梅香从阴影中走出来，更有一股劲儿。”他喜在心头，笑在脸上。

周校长不由得想起了她出院后，身体尚未恢复就要坚持上班的情形。她真有股劲儿。她一步一个脚印，扎扎实实的工作态度，真令他赞叹。想到这里，他有些自责。他当初应该把自己对她的爱透露给她，从她的人性来看，她不会因坠入爱河而影响工作的。

这天下午放学，他约她一起走。他说："我请你吃饭。"她眼睛亮了一下，随即脸又阴沉起来，声音沙哑地说："不能！我亏欠得太多了。你从死神面前把我拉回来，我都不知道怎样感谢你，再让你请客，我的亏欠不是越多了？”

“我从你工资里扣，还不行吗？”他说。她不由得笑了："你会吗？真幽默！”其实，她多么想和他待在一起。原本应该她请他吃饭，表示感谢才对，然而这一阶段忙得不可开交。她知道他更忙，他惊人的毅力和组织才能真令她赞叹。她没有权利表扬他，但她有权利赞扬他，感谢他。于是她说："今天我请，给我一次感谢你的机会。”

他不争辩了，心想：到时候先行一步买单不就行了？

他们走进了英华楼饭店。

他说想吃鱼，实际上，是想给她补一补身子。

点了鱼，他又说："给你点个松仁玉米。”

菜上桌，她斟满酒，说："你来了两年了，学校有了突飞猛进的发展，外界对我们学校也是刮目相看。这次的研讨会轰动全省，老师们受到了很大的鼓舞。各个年级组长都在带领年级深专细研。他们在琢磨：李校长的治校办法能不能用到管理年级组上，班主任向任老师和范老师学习，怎样把班带好，带出水平来。这些说到底是你的功劳。所以这第一杯酒祝贺研讨会的圆满成功。”

他听了，发自内心地高兴，随即说：“这些都与你的周旋分不开。”

“这第二杯酒，我敬你，我佩服你的气魄、胆量和操作能力。你给人的感觉是想得周到，做得圆满。”

他心想：原本是他请她，感谢她带病工作，带动了其他两个年级。就凭她带病工作、拖着疲惫软弱的身体在下面周旋着这一点，就足以使他感动。于是他斟满酒说：“这杯我敬祝你带病工作所付出的代价和做出的成绩。”

她笑着说：“谢谢！我真是真不敢当！你过奖了！”

她内心非常高兴：啊！原来我的一举一动他都看在眼里。她的脑子突然乱起来，给他送结婚请柬的那一幕又出现在眼前。她看了他写给她的诗。那诗简直是一团火，能把她的心熔化。可惜那时已晚了，她的请柬已经满天飞了！亲爱的人啊，你为什么不早透露一点儿呢，哪怕是一点点。你的心为什么包裹得那么严实？使我错误地选择了一条不归路？而常舒心的死，使我不舒心，几乎是跳入了火坑而不能自拔。是周浩博，是他又从死亡线上把她拉回来！冤家呀，恩人；恩人呀，冤家。想到这里，她眼泪不由得扑簌簌掉下来。

见状，他急忙问：“怎么了？这是？”她急忙掏出手帕擦泪，她本来要说“伤心”，但话到嘴边，却改成了“激动”。

他借口去卫生间，实际上买了单。她想：他还是把我当外人了！看来今生今世他不会再爱我了！抬头望着他唉了一声。

他不解，问：“怎么了？”

她辩解：“说好了我请客！”

“下次。”他说，“我不客气。”

“你会吗？”她说。

“会。”他答。

慢行在回家的路上。这条路走过了多少次了，快圆的月亮，把它的清辉洒到人间。她心里说：“月亮啊！你圆的时候，我们能不能再圆？”

他问：“在想什么？”她说：“我在想苏东坡的‘明月几时有，把酒问青天！’”

他幽默地说：“明月天天有，把酒问何事？”

她听言，心有所激动。本想说“明月天天有，君可念旧情？”转念一想，他要是不念旧情，这不是为难人家吗？于是便说：“明月天天有，清辉洒人间！”说着，她的家到了：“校长慢走！再见，做个好梦！”

他说：“你也是！”

望着他挺拔地骑着车子远去，她又长叹了一声。

十七

人怕出名猪怕壮，一纸公文借丁芳。只因识得浩博兄，惹得小女出了名。

一份支教公文摆在周校长的办公桌上，要求丁芳到郊区中学支教一年。周校长知道，这是给丁芳老师压担子呀！此行是要为郊区培养一批英语老师，就意味着刚刚喘了一口气的丁老师又要马不停蹄地紧张起来。他真有些于心不忍，此时，丁芳敲门进来：“校长，我去！”周校长有些惊讶：“你怎么倒知道了？”

“老师们都在议论呢！”她说。正说着，办公室主任敲门领人进来，看见丁芳坐着，忙又退出。领进来的正是郊区中学马腾飞校长。周校长上前握着马校长的手说：“真是说曹操曹操就到！曹操真是急性子呀！”随即侧身介绍说："这位就是丁芳老师！"

丁芳急忙站起，上前一步，握着马校长的手说："马校长，您好！"

马校长的眼睛亮了，站在他面前文静大方、声音清脆的女老师，正是他们要请的丁芳老师。他激动地祝贺道："恭喜你教出英语状元！"

丁芳急忙谦虚地说："这是周校长的功劳！"她说的是心里话，要是没有周校长的指点，她的英语教学能不能取得这样的好成绩，真还需要画个问号呢！

"看看你的老师，和你一样谦虚！"马校长说。

"你把我捧到天上了，"周校长说，"说正经的吧！"

马校长拿出同样的公文，放在周校长的办公桌上，问："能支援吗？"

周校长不由得把眼光投向了丁芳，见丁芳微微点头，于是说："哪能不给面子呢！"又开口嘱咐马校长爱才，把丁老师待好。

马校长是何许人也？一听便知。"放心！安顿好了，哪天我们过来接！"

送走初三，武梅香这个年级接下来带初一。文昌老师主动请缨，他觉得和周校长十分投缘，工作经验也还没传承下去，他都不想离开。当然，他不能这么说，他只是说："我想再干一届！"

周校长听了这话非常高兴。虽然退休是政策，但是可以返聘呀！于是文昌又担任了教研组长和班主任。武梅香听后当然高兴了。这已经是一个经得起考验的团队了。何乐而不为呢！英语教研组长由张永慧来担任。在拜师活动中，她是第一个拜丁芳为师的，而且有青出于蓝胜于蓝的征象。

次日晚上，武梅香组织为丁芳践行。她神采奕奕，上身是雪白的衬衫，水红色纱巾飘在胸前，下身是红色百褶裙。

她说："今天是丁芳老师支教欢送会，是局里点了名的人物。马校长怕学校不给，亲自来了一趟学校。他是慕名而来，要准备三请的。谁知我们周校长心软，一请就放了！"说得大家都笑了。

"下面请周校长讲话。"

周校长举杯，他心有万种感慨："这是好事，又似挖走学校的心头肉。丁老师刚刚卸任初三，还没有喘口气，又要奔赴新的战场！祝丁老师旗开得胜，马到成功！"武老师举杯："我代表年级组，祝丁老师万事如意，一帆风顺！"

这是发自内心深处的祝贺、祝福；这是对她工作的肯定；这是对她未来的期望……丁芳眼里闪着泪花，她激动地说："我将不负众望，努力工作。"

这天晚上，她一点儿也不想睡。不知怎么了，她想弹会儿琴。3 年了，自从周校长来了，她一次也没动过她心爱的电子琴，为了实现她心心念念的优秀率，她把全部精力用在了教学上。今天，她可以放松放松了。想起她在师范学校时，钢琴弹得是数一数二的，晚会上的伴奏可非她莫属。后来，她被保送到师范大学外语系。除文艺汇演给人们伴奏外，弹钢琴的机会就没有了。但是这是她的业余爱好呀！她怎么也舍不得丢掉。她省吃俭用，花 2000 元买了一台电子琴，弹起来和钢琴差不太多。今天她怎么也想弹一弹。支教这一年，又是摸不着的。

她不由得弹起了《牧羊姑娘》，接着又唱起来："对面山上的姑娘，你为谁放着群羊？泪水湿透了你的衣裳，你为什么这样悲伤？悲伤？"

自周校长来，他一次也没听她弹过琴。他要能听她弹一次，多好呀！唉！想这些干什么？她觉得困了，该休息了。

然而上了床，她怎么也睡不着，这又是一个不眠的夜晚。她在想周校长说的那句话："……又似挖走学校的心头肉……"她看见他手在空中停了停，大概是想说挖走"我的心头肉"吧，又改成了挖走"学校的心头肉"。他是多么在乎她呀！走出饭店，他对她说："局里给我们配了一辆车，过两天我把车开回来，有事给我打电话，我随时可以去！"

他真的会来看我吗？她又一想，你是想歪了，人家是同志情。武老师还可能同他发展，不要痴心妄想了吧！

郊区中学以隆重的仪式接走了丁芳。她胸戴大红花，举手向排列在路两旁的老师们致谢。她看见周校长向他招手致意，她含着泪水向他摆手致谢。

十八

洪水无情似有情，专让营长抱美人。辗转反侧吐尽水，阎王路上转回程。

急促的电话铃响了，传来马校长急促的声音：“丁老师在郊区医院……”

周校长忙奔了出去。丁老师正在输液，马校长介绍说：“要不是这位军人，丁老师就没命了！”

周校长这才看见一旁站着的军人。他盯着满身泥水的军人，这不是他的学生王忠吗？王忠也看见了他，急忙上前握住他的手，随后又紧紧抱着他说：“恩师好！我去学校找您，他们说您调走了！”

马校长接着说：“有这样的好老师，又有这样的好学生，你真了不起。当时洪水像猛兽一样冲进了大楼，两个学生像纸一样漂上了马路。丁老师奋不顾身地与洪水搏斗，好不容易把两个学生推上了岸，她却一点儿力气也没有了。是王营长把她救上岸，又帮她吐出了水，啊，真是苍天有眼呀！”

正说着，丁老师微微地睁开了眼睛。周校长急忙上前握着她的手。她声音低低地说：“王营长，谢谢你，改日我去登门拜谢！”又面向周校长说：“你这么忙还来了？”其实，她说的是违心话。她是日日夜夜地盼着校长出现在她面前呀！她紧紧地握着他的手，一点儿也不愿意松开。

王营长对周校长说：“我还有事，我先走一步！”又面向丁老师说，“好好休息！稍后我再来看你！”确实，他需要赶紧离开，他的一个营都还在坝上呢！

马校长说：“我也先走一步，一会儿让人送饭来，替你。咱俩一起出去吃饭！”

见两人都走了。她又紧握了一下他的手说："怎么，王营长是你的学生？"

于是他讲了关于王忠的故事。

他大学毕业刚进学校就当了高一班主任。王忠是以优异的成绩考入学校的尖子生。没有一个老师不喜欢他。但是时间不长，他的学习成绩居然掉下来了，作业也交不上来。老师们说，王忠课堂听讲很认真，就是作业不写。

奇怪！于是他去家访。家长热情地接待了他，说："孩子在小屋学习呢！"他示意不要惊动孩子："我去看看孩子。"

他推门进去，孩子紧张地推上抽屉，站起来迎他。

他拉开抽屉，发现一本展开的武侠小说。

原来，王忠迷在了武侠小说中。

他和王忠做了一次语重心长的谈话，最后说："书，老师替你保管着，将来还给你。从明天起，你搬到老师宿舍住。"

一开始，王忠不习惯。他开导王忠："课堂必须认真听讲，把不懂的地方都记下来。晚自习串班辅导时，你可以把不懂的问题弄清楚，认真地做作业。如还有不懂的地方，大部分老师都在学校住，他们都欢迎你去问。"过了一段时间，王忠的作业能交上去了，而且做得很好。老师们高兴地说：王忠有潜力！到高二上学期，他的功课都及了格，而且有的上了 85 分。高二下学期，他跃居全班第 5 名。高三毕业，他以优异的成绩考取了军校。

她听得几乎入了迷。"不怪老师们说你还真有两把牙刷子。"她不由得又紧紧地握了一下他的手说。

他见她嘴干得厉害，说："我给你倒杯水喝吧！"

她点头，嘴角显出笑意。

他扶她坐起来，她仿佛来了精神，脸上放出了光辉。

她今天真高兴，要不是她受了难，他哪能陪她这么长的时间呀！她真想叫他一声“亲爱的”！她还真叫了，只是没出声。她唉了一声，这一声他是听见了，随即问：“怎么了？丁老师！哪儿痛呀？”

她其实没有一点儿疼处了，于是她假装：“背疼。”

他给她按摩起来。这谎言带来的幸福，真让她高兴。但这谁也不能让知道，不能给他和武老师增加负担，她默默地享受着只有她一个人知道的爱。他心里默念着：

爱在心底不能说，暗恋也能心舒畅。纵然带到棺材里，情顺义顺心无伤。

啊！我们敬爱的丁老师呀！可敬，可爱，可佩的女性！

十九

救死扶伤出了名，两朵红花相映红。无限感恩心中藏，何日才能表衷肠？

这是一个别开生面的欢送会。

郊区的区长来了，护坝部队的王营长来了，S中学的校长来了，还有两位家长非要来，会议变成了一揽子会了。

主席台上，丁老师胸戴红花坐在正中间。王营长也戴着红花，坐在丁老师旁边。王营长的旁边是张区长，丁老师的旁边是周校长，紧挨周校长的是马校长。

会议由马校长主持。

他说：“丁老师圆满完成支教任务，要回去了，我们在这里为她召开欢送大会。支教一年，她为我们学校做出了非常大的贡献，为我们培养了一批英语老师。使我们的英语老师学会了教法，在‘会教、教会’上做出了不平凡的成绩。更重要的是，她冒死救了我们的两位学生……”台下响起了雷鸣般的掌声。

丁老师急忙站起来，向区长、两位校长和台下全体老师鞠躬。

“下面请张局长讲话。”马校长说。

“我要感谢的人太多了！”张区长激动地说，“首先，我感谢王营长和他的护坝队伍，在他们的守护下，此次大洪水中，郊区没有受到大的损失。特别是他救下了丁老师，他把丁老师抱上岸，又设法让她吐了水。他是我们郊区人民的大救星，我代表郊区政府赠予护坝队伍锦旗一面。”王营长双手接过锦旗，并向区长敬了礼。张区长说：“第二，我感谢S中学的周校长。他忍痛割爱，把这么好的英语老师派出来支教，真是高水平、高风格。我代表区政府赠送S中学锦旗一面。”

周校长也接过锦旗并握手致谢。

“第三，我要感谢丁老师。她不仅是教学能手，还奋不顾身地抢救了两位学生。区政府特授予她支教模范的光荣称号。”随即，把证书双手举到丁芳胸前。丁芳双手接过证书，紧握着区长的手，连声说：“谢谢，谢谢！”

台下沸腾了。两位家长拎着俩篮子鸡蛋，说着要给丁老师补身子。

马校长要让周校长讲话。他说：“我就不说了，让丁老师说几句。”并示意丁芳。

丁芳说：“我不知道该怎么说，我不知道该怎么感谢各位领导，心里头有许多话要说。我就想到哪儿说到哪儿吧。第一，感谢张区长和马校长，为我召开了这么隆重的欢送会，非常感谢两位领导给了我这么高的评价。我将继续努力，为教育教学贡献自己的青春和力量。第二，感谢周校长，是他完善了我的教学方法。在‘教会、会教’上让我下了功夫，而且取得了成绩。我把这方法带到了郊区中学，使郊区中学的英语成绩有了很大的提高，所以郊区中学首先要感谢的是周校长。第三，我要感谢的是王营长，就是他把我从鬼门关拉回来，我的第二次生命是他给的。”她把一篮子鸡蛋拎给了王营长。王营长怎么也不收。周老师示意他收下。王忠不再推辞。她接着说：“区区小礼不成敬意！改日我当登门拜谢！”

二十

英雄救美出了名，救得美人生还魂。师娘做了牵线人，心有灵犀一点通。

王忠是记恩之人，他每年都要抽出时间看望恩师。两年前他回母校看望恩师，得知恩师调到了S中学升任了校长，他因为工作忙碌就没顾得去S中学。

次日是周日，他给周老师挂了个电话：“周老师，明天上午我去看您，我给丁老师也带了一份礼物……”

“明天直接到德胜园饭店见吧！”

放下电话，他直接打通了武老师和丁老师的电话，告知此事，并约武老师一起走。

周日，他和她漫步在宽宽的马路上。她特别高兴。虽然说他们的事已经定下了，但并不经常在一起，两个人各忙各的。

“今天有件大事请你办！”他说。

“好！”她说，“只要不是让我们分开，我什么事都能办！”

他笑了：“谁有那么大的本事呀！”

“那谁知道呢？你的心又那么软！”

“我心付于君，雷也打不动。”他笑着说。

她仰头看他，眼里却闪着泪花，“我真害怕再一次失掉你！”

“不会的，亲爱的。”他今天大胆地说出了这三个字。3年前，他就想说这三个字，但他使命在身，不敢分心，使她误认为他不喜欢她。今天他要再不说这三个字，真说不通了。

她听了确实高兴了，说：“我听了你这三个字，你知道我有多高兴？”

“你知道3年前我没这样叫你，我有多难受？”他有些悲伤地说，“心中的那分爱始终没敢说。”

她不再说话了，轻巧地转了话题：“你让我今天办什么事儿呢？”

于是，他把他的学生王忠抢救丁老师的事说了一遍，把他观察到俩人互有好感的苗头描述得入情入画。

她听了笑起来。

“促成此事，我也就放心了！”她说。她无形中说漏了嘴，她心里把丁芳当作情敌。

听她这么说，他终于明白了她为什么总是这么担心，于是他也笑起来。说：“原来你这么小心眼儿呀！”她绯红了脸说：“哎！因为我早观察到她有意于你。”

“可人家从来没有表露过。”他说。她笑着说：“丁老师比较内敛，不像我这么直来直去。”说着，已到饭店。见丁老师和王营长正说着什么，关系确实近了。

俩人急忙站起迎接周老师和武老师。今天，王忠一身军装，佩戴着肩章，他举手向周老师敬了一个军礼，随后又向武老师敬了一个军礼。

“这位是武梅香老师。”周老师向王忠介绍，并说，“是丁芳的入党介绍人。俩人情同姐妹。”转脸又向武老师介绍，“这位就是王忠营长。”说着，互相让坐。自然是周老师坐正中，一边是王营长，另一边是武老师和丁老师。

坐定后，丁老师说：“今天我坐东，一是感谢校长的知遇之恩；二是感谢王营长的救命之恩；三是感谢梅姐的领路之恩。”

王忠把给陆老师和丁芳的礼物拿上来。都是两瓶茅台和一盒稻香村点心。

周老师风趣地说：“谢谢王营长！”丁芳自是推辞不要。

武老师插话：“英雄救美又送礼，情谊深呀！”随即代她收下，接着说，

“不收不对！你送人家什么另当别论，你也有你的心吧！”

丁芳绯红了脸，说：“改日我当登门拜谢！”

说着，饭菜上桌了。酒是王忠带的竹叶青。他举杯说：“这第一杯酒感谢老师的培育之恩。”随即和周老师碰杯，“这杯是认识酒。认识是缘，相交是福，常来常往是福气。”

武老师也说：“古人说，无巧不成书。可世上的事就这么巧，英雄救美佳话多。来，我们一起敬我们的英雄。”大家举杯，杯中酒都一饮而尽。她又给大家夹菜，斟满酒，说：“感谢校长引荐我认识了王营长，以后请多多关照。我单独敬营长一杯，能有求必应，自然好了；若不能，不要当面回绝了就好。”

话音刚落，周校长借故去卫生间，离开了现场。

“周校长今天非要我来，知道为什么吗？”她接着说，“让我给你俩做媒。他说这俩人我都了解，再合适不过了，真是郎才女貌的一对。我这就直说了。”

营长心想：老师呀！你还在为我操心呀！我何尝不喜欢丁老师呢！丁老师心想：我说今天为什么非让武老师来，我苦心的校长呀，你为我想得这么周全。这么好的人，我怎么能不喜欢呢？要不是武老师来！这话说得出口吗？王营长这么好的人，又救了我，以身相许正是我内心的想法。

正在这时，周校长回来了。他拿起酒瓶给大家斟满酒，说：“我今天非常高兴，学校和部队结成了对子，将后要互相帮助。我几年没见的学生，恰恰救了我校非常优秀的老师，真是奇缘呀！通过王营长，我们和部队会越走越亲，今后会常来常往的。丁芳老师住得远，王营长送一下。把自行车放到后备箱里。我和武老师近，我们骑车，一会儿就回去了。”

校长真是安排得再周到不过了！他俩都这样想。

她想让他送，不好开口；他想送她，却张不开口。而校长的安排，遂了他们的愿。

送丁老师的路上，沉默着。都想开口，都开不了口，谁也不想先开口。

快到家了，丁芳憋不住了，说：“下周日我去拜访您！”

“好！给我打电话，我来接你。”他说。

她请他进家喝口水，他随着进屋，拜见了她的父母。两位老人热情地接待了王忠。

等他走后，两位老人急切地问：“这是不是救你的那位军人呀？”

“是的。”她答，“人家叫王忠，是个营长。”

“啊呀！真不错！”丁芳母亲说，“能不能俩人处个试试？”

“不知道呀！”丁芳说。

“你不是说他是你们校长的学生吗？我去托你们校长。”丁芳母亲说。

丁芳说：“校长已让武老师给说合。校长想得可周到了！”

丁芳母亲听丁芳这么说，急忙问：“回话了吗？”

“怎么能这么急着回话呢！”丁芳说。

“是啊，妈也是太心急了！”丁芳母亲说，“不过你太拖拉，校长独身多年，妈也没见你有什么行动。”

“我觉得武老师和校长是天生的一对。”丁芳说，“我只是凭感觉，吃不准。”

“你总是前怕狼后怕虎的吧！”老人埋怨地说，“你要再把王营长耽误了，真是的……这次你要上点心了！”

二十一

心连心心心相印，述真情情谊更浓。真情压底四春秋，而今和盘托真情。

下班前，武梅香给丁芳挂了个电话：“晚上我请你吃饭。”

丁芳说：“梅姐，应该我请你。”

“我请你是正理，有祝贺的意思！”武老师说。

丁芳说：“那就遵命了。”

丁芳特意回家取上茅台酒，要与她的梅姐一醉方休。

见了面，丁芳迫不及待地问：“有什么好事呀？”

武老师听言，神秘地笑起来。说：“我给营长打了个电话，我问他同意吗？你猜他怎么说？”没等丁芳回答，她接着说，“他说：‘丁老师的优秀，天下第一。她怎么说，我怎么落实！’你说这话逗不逗！”俩人都心照不宣地笑起来。

正说着，菜上了桌。丁芳斟满了酒，举杯相碰，并说：“谢谢梅姐这么关心我！”

“不要谢我，应该去谢校长！”梅香说，“他才是最关心你的人。他把营长的优点说得清清楚楚，又把你的优点说得详详细细。他很信任他的学生，更看好你这位老师。”

这话说得丁老师有些不好意思，无意中随口说道：“哪有对你好呢！”这句话却勾起了她对往事的回忆，悲伤地说：“唉，他几乎把我推到了火坑。说实在的，我很喜欢他，我向他暗示了爱，却没有一点表示。我一气之下跟常舒心走到了一起。送请柬那天，无意中掉出了他写给我的诗。那简直是一团火，能把人的心都融化了。可是晚了，我已是请柬满天飞了……可喜的是，他不嫌我二婚，仍然喜欢着我，甚至在我生命垂危时救了我！真是坎坎坷坷，恩恩怨怨呀！”

她说着，眼里却滚动着泪花。

丁芳见状，急忙说：“结局圆满，不要伤心了！”

“我原想，我就凑合着过吧！我把校长介绍给你，谁想到常舒心一命呜呼呢？”她说。

稍停，她又接着说：“你和姐说实话，你喜欢校长吗？”

她说：“横刀夺爱非我愿，永葆陆君心无伤。”

“我不敢喜欢，我不能横刀夺爱，你俩是天生的一对。可是你和常舒心结了婚。我猜疑是校长看不上你吗？还是你没看上校长？我觉得如果是你没看上校长，那是你没福气；如果是校长没看上你，那他校长就没福气。但是我究竟不知道为什么，你就嫁了常舒心。当时我想，既然你俩没成了，那我就可以表白。但是第二天一早，我接到你的电话说常舒心死了，我想你们一定会重新考虑走到一起。于是我只能把这份爱紧紧地压在心底。我从内心为你高兴。”丁芳答。

“我可亲可爱的小妹妹呀！”武老师说着，绕过桌子，紧紧地抱着她。

“他究竟为什么不答应你？”丁芳问。武老师叹了一声说：“他说他来这儿是挑重担的，不能有一点分心！他像你一样，把爱深深地压在心，他说学校工作没起色，绝不谈恋爱。话虽好，却能害死人，几乎断送了我俩的幸福。好在老天有眼，成全了我们。”

丁芳举杯，真诚地说：“祝贺你俩有情人终成眷属！”

“谢谢你，我亲爱的小妹。”武老师由苦笑转为浅笑，说，“祝你和营长能百年好合！”俩人都干了杯。

“真心祝愿你俩百年好合，一帆风顺，不要有我这样的波折，”武梅香感慨道。

“谢谢梅姐！我是生死场上遇贵人，但愿婚姻场上也舒心！”丁芳说。

听见“舒心”二字，武梅香像被针扎了一下，急忙用手堵住丁芳的嘴，说：“不要用这两个字！”

丁芳猛醒，急忙改口说：“忌讳，忌讳。”

二十二

费尽心机救钗裙，千恩万谢女才人。正人君子一营长，以身相许报君恩。

周日，丁芳正吃早点，电话里传来营长的声音：“我什么时候接你合适？”

丁芳激动了，她正准备吃完早点给营长打电话，人家却先打过来，她急忙回话：“看你方便，我这儿什么时候都行的。”

“好，半小时后见。”

营长准时到，一进门就向二老行了军礼。二老高兴地送女儿上车，营长与二老摆手再见。二老同样挥手，心中有说不出的高兴。

丁芳的红色外套鲜艳夺目，里面搭了白色绸衫和天蓝色纱巾，下身是黑色西裤和一双锃亮的皮鞋。他突然想起那天救起她的情景：泥水湿透了她的衣服，紧裹着她的身躯，头发散乱着，满脸泥水。

营长冒出一句：“天仙女下凡，坐在我身旁！”

丁芳暗自偷笑，心想营长也会幽默，随口笑着说：“保佑营长平生无有风险。”

营长听言，哈哈地笑起来。但他不敢相信自己的耳朵，又试探说：“我若有此福气，真是三生有幸！”

“有呀！”她笑着说。

“何年何月何日何时才能碰到呀？”他笑着看她，脸上现出抑制不住的快乐。听营长这样说，她心咚咚地跳起来，颤抖着声音说：“今年，今月，今日，远在天边，近在眼前！”这下营长听清了。他情不自禁地把手伸给她，说：“我仿佛接住了天上掉下来的馅饼，唯愿你说的是真心话。”她高兴地两手握着他的手，也不敢相信自己的耳朵，抑制不住兴奋的感情说：“你再说一遍。”他本想说“我爱你”，但是说不出口。是啊，刚见面就这样说，真能让人家笑掉大牙，于是改成“我喜欢的人坐在我身边”。她听得很清楚了，于是又紧握了一下他的手。

他把车开到路边停下来，头靠在椅背上，手却紧紧地握着她的手，仿佛是闭目养神。

她理解不了，柔声问道：“怎么了？”“让我静静地享受一下此时的快乐！”他说，手却不停地在她手里转动着。

她想：这段良缘真是踏破铁鞋无觅处，得来全不费功夫。真让她不敢相信。她抬头望他，他满脸喜色，双眼闭着。

她问他：“这是真的吗？我不是在做梦吗？”

他睁开眼笑着说：“不是做梦，不是做梦，是真的！”

他眼睛盯着她，随即又紧闭了一下又睁开，笑着说：“是真的！不是梦。”

她也笑着说：“是真的！不是梦。”

他重新开动了车，低声唱着：“远山青又青，蔚蓝的天空中。仰望着流云，想起了你！好听吗？”他看着她问。

“真好听，还感情深！”她说。

“送给你的，我今天放肆了。失态，失态，我今天不由我了。”

车到营长家。营长的父母笑呵呵地迎接丁芳的到来。

丁芳拿出一件红毛衣，面对老夫人说：“这是我织给您的。”

拿出一件灰色的毛衣，面对营长父亲说：“这是给您老织的。”

又拿出一件棕色的，面对营长说：“这件给你，祝你纵横万里无阻挡，凡事顺意乐呵呵！”

最后把一盒稻香村点心放在桌上。说：“请二老品尝。”

二老很开心，示意儿子带丁芳休息，并说：“饭一会儿就好。”

进了营长卧室。迎面墙上挂着营长和周老师的合影，另一张是营长穿着军服的留影。丁老师问道：“这是多会儿的合影？”

“这张是我考上军校临走时的合影，这张是军校毕业照。”看着这英俊的照片，她嘴角显出了笑意。

她脱去外衣，摘下纱巾，白衬衫下身套在黑色西裤里，胸前是一朵红色牡丹花，红白相间，更显亮丽。

她看着他，他也看着她。他仿佛在沉思，突然说：“判若两人。”

她不解，看着他说：“什么意思？”

“今天是仙女下凡；那天是狼狈不堪。”

啊，她明白了！“那天我一定是洋相百出，让你费心了。”

他本不想说，但他今天说脱了嘴，不说怕她不高兴，说了又怕她难为情！心里想：我该怎么办呢？终于，他鼓起勇气说：“你保证不生气，我才敢说。”

她听了急忙说：“恩人说哪里话了，我谢都来不及，怎会生气呢？”

他觉得再不说反而不好。哎，听天由命吧！于是他说：“那天是洪水滔天呀！突然发现从上游漂下一个人来，我命令战士在水中排成一堵墙，才把你救上岸。凭我在中学学的一点儿知识，让你吐出了水。送到医院，首先为你输上液，两个护士在床上为你脱衣裳，怎么也脱不下来，其中一个毫不客气地对我说：‘搭把手，把腰护起来！是你老婆，你怕什么？’我紧闭双眼两手把你腰托起来，裤子才脱下来。护士就说：‘你老婆还怕看，伪君子。’

“护士又给你擦了身子，洗了脸，然后又给你吸上氧。一会儿马校长找过来，又给周校长打了电话。”

她听了，眼里闪着激动的泪花。他什么都不顾忌，才使我起死回生；他若稍有一些顾虑，也许我就回不来了。想到这里，她的眼泪扑簌簌地掉下来。

见状，他不知所措，急忙递过手帕让她擦泪，心想：她不骂，反而哭。这让他该怎么办？他正这样想着，她突然破涕为笑了。

他不知所措地冒出一句：“不气也不骂？”

她想：他被护士骂也不还口，等于默认。闭上眼睛不说话，是个正人君子。

“我只有谢，非常感谢！”她激动地说。

他长长地呼了一口气，脸上显出了笑意。

她心想：去哪儿找这样的人呢？心头美滋滋的，她不由得上前抱住了他。想说：谢谢你，我的爱人。但她怎么也说不出口，改为：“谢谢你，我的救命恩人！”

她想说“我亲爱的人呀，你不要有一点儿顾虑”，但话到嘴边又觉得不妥，改为：“我的大恩人呀，你不要有一点顾虑，你只要告诉我，你是真心地喜欢我吗？”

看见他不断地点头，她会心地笑了。

他又长长地出了一口气：“我的心总算放下了！”

饭后告别，她说：“谢谢二老，辛苦了！”

二老说：“家常便饭，吃好就行，常来！”二老送她上车，她挥手告别。

“今天难得我休息，”他说，“去公园好吗？”

“好呀！”她高兴地说。

初秋时节，没有了夏季的酷热。气候宜人，蓝天澄澈，万里无云，微风飘送来阵阵花香，令人神清气爽。

前面出现了一片荷花地，绿油油的大片荷叶，托着美丽鲜艳的荷花。

“这象征着什么？”她问。

“你是花，我是叶，花有叶托方美丽，有花无叶不精神，有叶无花俗了人。”他说。

她发自内心地高兴起来——他不仅有军人的情怀，还有文人的才华。

“我们去划船好吗？”他问。

“好呀！”她答。

他划着船说：“我要带你穿过桥下的月洞门，直奔湖心亭！”

她看着他熟练的划船技术，心想：他真是全才呀！

上了湖心亭。

亭子上的彩画别有风格，画的是一段一段名人的故事。当他们看到《西厢记》时，她深情地问他：“有何感想？”

“冲破层层枷锁，走到了一起。”他答。

“答得好！”她笑着说，“给你满分！”

又走到一处，画着《小二黑结婚》。他抢着问：“这象征着什么？”

“自由恋爱呀！自作主张订婚，连媒人都不用！”她笑着回答。

“也给你100分！”他笑着说。

此时的他们都放松了心情，畅所欲言了。

她笑着问他：“假如，我们要是没有介绍人，能成吗？”

“成不了，”他说，“顶多落个英雄救美。如果你很主动，也许能成，但最少得两年！”

“是啊！校长和梅姐已为我们奠定基础，铺平了道路。”她说。

“我的老师是我的大恩人！没有我的老师，就没有我的今天。他关心我的成长、成才，又关心我的婚姻大事，是我终身的恩人。”

她接着说：“校长在工作上很有一套，他很善于给老师们指导工作。在他的指导下，我改进了教学方法，才取得如此突出的成绩，教出了中考英语单科状元！”

“没有他，我俩只能是认识！哪会有今天这样的……”美好，营长不好意思往下说了。

她却情不自禁地说了：“美好、幸福、甜蜜。”

一股幸福感冲上心头，他不由自主地从后面抱住她：“你真是我心中的女神！你怎么什么都能知道！”

“松手，有人看见笑话！”她说。

他急忙松开了手，看着站在身边美若天仙的她，想起昨夜的梦，他沉浸在美好的回忆中。

“你在想什么呢？怎么不说话？”她笑着问。

听她说，他才回过神来。不由得笑了，笑着说：“一个永远忘不了的梦。”

“说说，我听听！”她仰头说。

“不好意思说，”他说，“怕你笑话。”

“我不笑话，再说，我敢笑话你吗？营长大人！”她笑着说。

“只要你不笑话就好。”他也笑着说，掏出一张纸递给她。随即低下了头，有些不好意思。她接过来，翻开，上面写的是诗：

梦三首

（一）

夜无眠，无眠夜，灯烛辉，庭台院。红绫绸缎紧裹身，盖头全罩娇娘面。

（二）

手轻轻，微微抖，慢揭盖头芙蓉露。七仙女落王门中，喜煞愚夫一军人。

（三）

黄粱梦，梦黄粱，梦不成真断柔肠。但愿长睡不愿醒，娇娘只可梦中寻。

她看完诗，仰头看他。“原来你还会写诗呀！”她笑着说，“我已站在你面前，还用梦中寻呀！”

“你不笑话我？”他问。

“我心同君。”她答，仰脸看着他。

他面向湖水，微风吹拂，湖面现出了淡淡的涟漪。他随口说出：“绿水无忧风皱面。”她听言，想到这副对子的上联，随口说道：“青山不老雪白头。”他惊讶：“你知道这副对子的来历？”

“书上看到的。”她说，“俩秀才策马并行，甲秀才看见远方的雪山，说出了上联。乙秀才难以对上，良久，前面出现了一片湖水，乙秀才随口而出：绿水无忧风皱面。”

她接着问他：“营长是怎么知道的？”

“周老师给我们讲过。”他说。

她又平添了一份对周校长的尊重，她笑着说：“我祝营长如青山一样，永远年轻！”

他高兴地笑着说：“我祝娇娘如绿水一样永远无忧！”她听了满面春光

地笑起来：“但愿我有这样的福气！”

“有！”他肯定地说。此时说这话，虽然是空头支票，但也足以安慰人心，她甜甜地笑着说：“谢谢营长。”

“以后叫我名字好了，不要营长呀、营长呀那么酸了！”他和蔼地说。

她笑着说：“我叫不出呀！”她看着他，接着说，“官高一品压死人呢，何况我这平民百姓？”

他说：“可是你不是平民百姓呀！”她真想听他说成是：你是营长夫人；或者是营长夫人呀！良久。他突然冒出一句：“你在想什么呀？我的营长夫人？”

她羞涩了：“我终于等到这句话了！”

他笑着看她。

这一天，他们觉得简直是泡在幸福的蜜罐里。

夜色降临，华灯初上。他送她回家。马路上多了一对散步的情侣。

到家了，她想说：“下次什么时候再见？”但又不好意思说。

他探出头说：“等我电话！晚安！”

二十三

梅香戏要周浩博，浩博真情对梅香。解得五年伤心事，共谋大业齐心乐。

8 月 26 日，开学前夕。周校长的办公桌上摆放着一个红头文件，内容是要一名语文老师去郊区中学支教一年。不一会儿，局长来电话：希望能派武梅香老师去郊区中学支教一年。马校长说：“名家就是不一样，丁老师待了一年，我校的“短腿英语”就上去了。再来个语文名家帮我们一年，语文就上去了。再加上文昌老师虽说只来了 3 个月，数学也很有起色，说明郊区中学在 S 中学的支持和帮助下，已有了长足的进步。”

过去的一年，马校长不断地领人来S中学听课、取经。S中学对郊区中学来说真是锦上添花，郊区中学全校教师对丁芳老师念念不忘……

周校长对局长的这番话很有体会。几年来，局长对S中学工作上的肯定、对他工作的高度评价、对教出了状元的老师的看好，对S中学来说，真是锦上添花。而马校长对S中学的名誉高升起了推动作用，他多次带人来学校听课，当他听了文昌老师的课后，深有感触。如果能让这位老教师支教一年，真是太好了。但他考虑到文老师年事已高，他就有了个大胆的想法：请文老师来校传经送宝两到三个月。

当周校长把这个想法和文老师说了之后，文老师爽快地答应了，他很高兴能把自己的经验传授下来。当郊区中学校长亲自来接他，老师们热情地来送他，周校长紧握着他的手送别他时，他的高兴真是无法形容。

而周校长的名言——实际上是用了3年时间实现的誓言——

走出去开阔视野，请进来传经送宝。坐下来深钻细研，实践中立竿见影。

有不少学校在使用，特别是马校长十分看好，他已应用于他的学校，效果出群。

周校长对马校长也十分敬重。马校长作为前辈，对他这个后生多加照料，令他非常感动。

他给武老师打了个电话："晚上一起吃饭，就在德胜园吧！"

德胜园就在他们住的巷口，面对马路。

她拿起听筒，低声说："说话方便吗？"

"方便。"他说。

她调皮地问："想我了，还是有事？"

他风趣地回答："兼而有之。"

她知道，今天是开学前的行政会，他很忙，没事不会招呼她的。

坐定，他点了鱼香肉丝、松仁玉米、小碟花生米、小瓶二锅头。

“全是我喜欢的。”她笑着说。

“你喜欢的就是我喜欢的。”他笑着回答。

“又有什么棘手的事儿？”她笑着问。

他反问：“你猜到了？”

“没有，”她说，“但我知道你这么忙，没事的话你不会这么着急地招呼我。”

他说：“局长想让你去郊区中学支教一年。”

“我就知道你是无事不登三宝殿。”她说。

他自觉理亏。就是假期，他也没联系过她几次，不是忙这，就是忙那。人事安排、写计划、学校建设，等等，干不完的工作在等他。

他长叹了一声：“我真是对不起你呀！”

“我不让你这么说，我是和你开玩笑呢，我又没有一点抱怨。”她赶紧解释。

“文件上怎么说？点名让我去？”她专门问。

“文件上只说要一名语文去郊区中学支教一年，是马校长请局长说合，请你过去。”他说。

她想：局长和马校长这么看好她，这是荣誉呀，怎么能不去呢？但她偏说：“你不怕洪水把我冲走了，再让一个军官救起跑了？”

他哈哈地笑着：“我相信你不会的。如果你跑了，我也就认命了。我的命就是这样苦呀，没妻的命。”

她很高兴他这么信任她，又后悔不该这样伤他的心，于是她赶紧说：“我控制不住，今天就想和你开玩笑，你不要往心里去。我报名怎么个程序？”

听她这么说，他眼睛亮了，高兴地脱口而说：“助我者，妻也！”他这么说是为了让她放心。

听他这么说，她越发高兴了。举杯给他，自己也端起：“有你这句话，我就知足了。你已经不是5年前的梁山伯了！祝学校工作更上一层楼，祝你保护好自己，身体是革命的本钱，有好的身体才能干好工作。”

他从内心里感谢她，她能理解，能谅解。更重要的是：用了3年的时间，带领着所在的年级，打造出S中学的一片蓝天，实现了他的梦想。

“春花秋月最喜人，哪有我妻喜煞人。”

她接：“官人如此抬爱，此生托负与你无怨无悔！”

他今天说的每一句话，都是想让她放心、宽心，工作上不要有担心，全身心地投入工作。

“祝娘子一帆风顺，马到成功，事事随心。”

她听言，心里十分激动，又担心他喝多了，急忙给他夹菜，并说：“吃点菜，不要光喝酒。特别是我走以后，你真得要控制好自己。”

随即他也给她夹了菜。

他又说：“祝娘子圆满成功，胜利而归！夫君望穿秋水，苦等娇娘回。”

啊！她听他这么说，简直是乐开了花。他今天说的话，每一句都显示了要把真心交给她。她不由得举杯，一饮而尽。

这真是：

美酒佳肴乐郎君，宽心细语为钗裙。工作爱情柔一体，大展宏图伟业成。

二十四

临行前，她请他吃饭。这是第二次在家小聚。她的心截然不同。第一次，她怀着火一般的激情，一次次点燃他的心。人们说酒醉吐真言，所以她专门把他灌醉了，可是没有听到他的一句真言。

这一次可不一样了，她名副其实地要成为他的爱人了。教语文教了这么多年，她今天才真正体会到什么是“喜出望外”。想着想着，拿起笔来，写出了她的心声……她要保存起来，有朝一日他真的变了心，要拿给他看，算总账。

周浩博今天也特别高兴，想给她个惊喜，想要突然出现在她面前。见她的门虚掩着，周浩博推门而入。见他进来，武梅香急忙收起写的诗，夹在书里，心却咚咚咚地跳起来。这可不能让他看。

周浩博笑着说："写什么呢？这么神秘，我看看！"说着伸手要拿。武梅香摁着书，说："吃完饭了，自然要让你看。"

"看了再吃饭，不然吃不下饭。"周浩博说。武梅香心想：这可怎么办？她只能硬着头皮说："你看了不生气，就让你看。"

周浩博说："不生气。"

"保证？"她问。

"保证！"他答。

没办法，她递给他。

武梅香脸紧绷起来。

他看着："费尽心机为君酬，支教圆满立新功。它日君再负我心，碎尸万段不解恨。"

周浩博心想：好厉害的嘴呀！又一想，这是爱到深处的表现，这是积压在心里的火山在喷发，而这些都是他造成的。他要再生气，那真的是又对不起她了。于是他哈哈地笑起来。见状，她紧绷的脸舒展开来，笑着说："怎么不恼呀？"

他随口吟道："君为我身费尽心，天公助尔圆满成。我心永不负君恩，海枯石烂不变心。"

她听了，开心地笑了，笑得是那么甜。随后，她挺直身，长长地呼了一口气。

"又怎么了？"周浩博着急地问。

"怕！"武梅香说。

“怕什么呀？”

武梅香说：“怕你翻了脸！可怎么办呀？”

“那就不要写了吧！”周浩博急切地说。

“不写怕你走了，写了怕你恼了，我是左右为难呀！好在你今天没恼，真让我打心眼里高兴！”她的眼里闪着激动的泪花，声音从低沉到激动。其实，她的内心世界，他是知道的。她怕再有坎坷，不幸和失败。他急忙走到她的身边，双手拉着她的手说：“我今天特意把我的日记带来让你看。”

他从包里拿出日记本，递给她。

她翻开日记，一页上写着：写给无法理解我，我又无法说清的，我心爱的梅香。下面是一首诗：

初识梅香入了心，久见伊人动了情。娘子不单人才好，才学犹如卓文君。

他看见她的眼泪扑簌簌地掉下来。她又翻开一页：

今夜万里无云，碧蓝的天空中一轮圆月缓缓划行。我想起她，那也是一个同样的夜晚，晚上一起回家，她先到家。临别，她说：“校长慢走，我到家了，不送你了。”随即，她望着天上的圆月，幽默地说：“寄身明月送君回！”我很高兴地说：“谢谢！”我欣赏她的才华。爱在心底翻腾着，就是不能表白。

她又住下看：

我真感谢她，我觉得她在默默地帮着我。她带的这个年级，就是不一样。人心齐，泰山移，我从心里佩服她，从内心感激她。梅香呀！你知道我在感谢你吗?

他看见她的眼泪又扑簌簌地掉下来。

她接着读：

虞美人

赠梅香

春花秋月最喜人,更怜俏佳人。初秋时节喜逢君,寒来暑往日日见深情。共谋大业同心酬，鹏程万里行。同心能使铁变金，万花开放笑春风。

读完诗，她脸上显出了笑意。

她接着往下读：

今天接到了她的结婚请柬，我心里真不是滋味。我心爱的人要走了，“五一”她就要成为人家的妻子了。明知是自己造成的，心里还是要难受，难受得煎熬，不出门。我给自己倒了杯酒，一饮而尽；又倒了一杯，又是一饮而尽；再倒了一杯，分三口强行喝下，感觉肚里发热，脸发烧，趴在桌上不动了，醒来时已是凌晨五点，我挣扎着爬到床上，又睡着了。

她哽咽着继续往下看，又是一有词：

虞美人

怀念梅香

春花秋月最喜人,更有梅予情。清风蓝天月又圆,伊人今夜观月庭院中?月下并肩欢笑声，只在记忆中。伊人常伴诗歌赋，夜半梦醒添愁愁更愁。

她已是满面泪水。他不忍心让她再看下去了，难受地说："给我吧，别看了。"说着，从她手里要拿。她拿得很紧，哽咽着说："你就让我看完吧！"

她接着往下看：

今天是她结婚的日子，当新郎常舒心挽着我心爱的梅香并肩走上台时，我的心简直要碎了！耐心地等新郎新娘敬完酒后，借故离开回了家。倒头想睡，反而睡不着，眼前全是她的影子，像电影一样晃来晃去。我怎么也睡不着，披衣起坐，仰望着窗外点点的星星。星星眨着眼，仿佛在嘲笑我：唉，连自己的老婆都看不住，被人抢走了吧！

又想起陆游和唐婉的故事。那真是一对美满的夫妻，怎么也被拆散了呢？大诗人，你怎么也看不住老婆呢！

突然又想起穆桂英和杨宗宝的故事。穆桂英把杨宗宝打下马，绑回营，成就了美满的姻缘。哎，武梅香，你不行。你看那穆桂英，真能干，也会干。

又想起唐伯虎三笑点秋香的故事。唐伯虎那股劲儿，真让人佩服！想这想那，总之是睡不着。

第二天，酒醒了，看自己写的日记，简直是胡言乱语……

她看到此，泣不成声。她想：我又一次看到他的真心。他不想让她再看了，强行夺过日记本。她破涕为笑了，说："官人请看！"她拿出她刚写得诗稿，随即把诗稿撕得粉碎。他惊讶，"怎么又撕了？不是要永存作为算账的依据吗？"

她紧紧地抱着他说："君心似我心，余心存君心。君永不变心，吾永侍君心。"

"我还有什么不放心的呢？留着让你担心。"

"开饭。"她说。饭已冷，她又打着火热。随即说："凉了再热也是好事。"这话真幽默！他风趣地说："热了就赶紧吃，可不能让再凉了！"

她斟满酒举杯相碰，高兴地说：“识君五春秋，尔入我心头！”他也高兴地说：“君入吾心中，不敢露真情。”

她接着感慨地说：“几乎葬送了你我情缘！”他斟满酒举杯相碰说：“我是永远对不起你呀！”

听他言，她赶紧说：“以后再不要这么说了，是我不识庐山真面目！”接着又说，“今天看了你的日记，总归是看好了，让我彻底明白了你的心。你的心是那么明净，那么善良，令我由衷地高兴有这样的人陪我一生，三生有幸。”举杯高兴地说，“我们喝个交杯酒吧！我想喝！”

“好！”他正要挽臂，她却退缩了。她突然想起和常舒心一起喝交杯酒的情形和随之而来的悲剧，眼里滚动着泪珠，悲伤地里说：“不能，不敢，不要，我怕！”

他急忙把她抱在怀里，问：“我不明白，你慢慢说。”

她哽咽着说：“我怕失掉你，不能喝交杯酒。”她反复地念叨着。

他还不明白：“你慢慢说。”给她倒了杯茶。

她喝了几口，颤抖着声音说：“那天敬完酒，他单位那些小同事们，硬拉着我俩喝了交杯酒，结果他就死了。咱俩永不喝交杯酒。为了我们，你要同意！”

他急忙说：“同意，同意！”

她笑了，又长出了一口气，说：“你能同意我就高兴了。”

他想：她有这么多的顾虑；有这么多的害怕，自己必须保护好她。她不仅是自己的爱人，更是教育界的瑰宝，国家的人才。

她看着他没有一点反感的样子，脸上像开了花，嘴角显现出浅浅的酒窝，高兴地介绍：“这种是猪肉韭菜包，这种是糖包，这种是豆包。尝尝我的手艺。”

他看着这三种包子，花样各有特色，很容易分辨，不禁夸道：“多少功夫织得成！”她高兴地说：“夸人也夸得有诗意。”随手递给他个肉包说：“看看我拌的馅儿怎么样？”随即又用小碟放了一个豆包、一个糖包，推到他面前高兴地说："再评价一下这两种。"说完又端上一碗紫菜豆腐蛋花汤。

他想：教书是把好手，做饭也是好手，最主要的是这片心意真令人感动。

他想：她临走前，必须把结婚证领了，让两人的关系更加稳定，且便于他经常去看她。于是他笑着说："我有个伟大的理想，但是，这个理想呀！没有你的同意和帮助是实现不了的。"

她咯咯地笑了说："我这么伟大呀！快说，是什么事呀？"

"你能保证同意和帮忙吗？"他说着，盯着她。

她急忙说："你哪件事我不帮忙呀？真是的，你那位学生我不帮忙，能和丁老师成了吗？"

"这么说，你不反悔？"他又问她。

她坚定地说："不反悔！"

"明天，我要和武梅香同志去民政局登记结婚。"说着，盯着她又说，"你愿意去帮忙吗？"

她听言，先是心怦怦地跳起来。她想也不敢想，来得这么快。稍停，她缓过神来，绕过桌子，走到他面前，疑惑地问："你不是开玩笑吧？"

"请问武老师，愿意帮这个忙吗？"他看着她笑着问。

"你还是那么坏！"她嘴这么说，脸却笑着说："牛郎织女渡鹊桥，过了明天还得等一年！"

他高兴地说："银河天上度双星，娘子随我行！"

她高兴地说："我心随君心！"

她高兴地拍着他的心口说："千万不要把我从这里跌出来！"

他高兴地说："我心存君心，永远不变心。"

她又高兴地问："为什么这么急呀？"他当然不能告诉她自己的真实想法，而是说："公公婆婆想见儿媳了，几次来信都让把你领回去看看。"这话倒是真的，父母几次来信都说让他把对象带回去。她听言越发高兴了："我也想见公公婆婆呢！让我也尽尽儿媳的孝道。"

“后天马校长来接你，明天我们把证领了。春节回老家看公公婆婆一起过年；你支教凯旋，我们办婚礼。”

她听了越发地高兴了，紧紧地抱着他说：“一连串的好事呀！浩博呀！今日此时我的心才完全掉在肚子里。”

举杯相碰。她喜上眉梢，说：“祝郎君文光射斗牛！”

他把她抱起来，转了三圈，说：“我的心此时此地也才完全掉在肚子里。”

她激动地说：“浩博呀！敬你三杯表心意！这第一杯酒是同心酒。”他说：“同心能使铁变金！”

她斟满第二杯，说：“这第二杯酒是协力酒。”他说：“协力破得天门阵。”她听言，笑着说：“怎么把穆桂英都引出来了？”他接着说：“要是没有穆桂英，他杨宗宝怎么能破了天门阵呀！”她听了高兴了，知道自己的作用，心里像开了花，高兴地又斟满了酒说：“这第三杯酒是前进酒。”他高兴地说：“前进向上步天庭。”

她想：他可真行，真有股劲！随口说：“那不是更上一层楼的意思吗？”他俩相对而视，不约而同地说：“齐心，协力，前进！更上一层楼！”

二十五

把酒话梅香，浩博心欢畅。已见花开红，香飘更宜人。

马校长来市里开会，和周校长相遇了。两位教育战线的同仁在支教工作中，不知不觉地结下了深厚的友谊，亲热得又握手又拥抱。中午散会，周校长一定要请马校长吃饭。

饭菜上桌，周校长斟满酒举杯相碰说：“祝贺我们俩人的友谊天长地久，与日月并存！”

马校长高兴地说：“祝我们俩校携手共进，友谊天长地久。这杯酒我敬小弟，你真是大公无私，把这么好的老师派出来支援我，我无限感激！”

马校长接着说：“那天我听了武老师的观摩课。那节课简直是一位好演员的一台戏，听得让人入了迷。我当了这么多年校长，这是第一次啊！学生全神贯注，直着脖子看黑板听讲；听课的老师，身体向前倾着，全身贯注地听。板书布局合理，字迹漂亮，清秀而不潦草；教态自然，得体大方，看着就舒服。师生互动呀，也是恰到好处。这节课之后，不论是哪个年级的老师，只要一有空，就带着凳子听她的课，而且认真地学。她不仅是带动了初三年级，更是带动了全校。”他万分高兴、滔滔不绝地说着，没有给周浩博留有插话的余地。实际上，周校长并不想插话，他在静静地听着。

周校长斟满酒说：“吃菜，喝酒！”举杯相碰并说，“你真是好观察家呀！小弟佩服，佩服！”

“有位年轻教师叶灵潇，教授初一语文，并代班主任。她不仅经常听武老师的课，还邀请武老师听她的课。最近恳切地说：‘我想拜你为师，能吗？’武老师痛快地答应了，而且语重心长地说：‘你家住得远，干脆搬来我这儿住吧！我们俩可以一起切磋，共同进步！’她听了，第二天就搬过去了。从此，形影不离，情同姐妹，而且还真的认武老师为姐了。还有四位年轻老师要拜她为师，武老师知道他们的想法，非常高兴地接受了这四位徒弟。正是：在教会、会教上做文章，在会学、学会上下功夫。”

马校长又举起杯，说：“你培养出这样的好老师，为兄真为你高兴！”

周校长听了马校长的这番话，心里有说不出的高兴。他高兴他的爱人已全身心地投入角色，而且又向前跨了一大步，真是更上一层楼了。

稍后，马校长说：“我说个你应该想听的话，你还没女朋友吧？你得把她抓住，不要尽考虑工作，也得考虑考虑自己了！”

周校长十分感谢马校长对他的关心：“我俩已经定了！”他怀着感激的心情说。“谢谢老兄对小弟的关心！”

马校长听言，猛地站起来说：“恭喜贤弟！恭喜贤弟！你上辈子积了什么德了，能娶下这样美貌、贤惠、能干，德高望重的天仙女呀！”

马校长随后风趣地问：“那你俩是怎么好上的？”

“说来话长了。”他朝马校长眨了眨眼。

二十六

坎坎坷坷多艰难，心心相印口难言。喜鹊登梅牵红线，画家美画做大媒。

周浩博说：“和她谈恋爱简直是美的享受，她用诗来暗示我，我一句都没回，伤透了人家的心，惭愧呀惭愧！”

接着，他把他写的四言独步背给他听：

“受命而来，一肩双挑。全心全意，工作首位。巧遇娇娘，一见钟情。爱压心底，不露声色。伊人如火，几度示爱。不敢回应，无有反响。一赌之气，错嫁他人。庆典豪华，喜气洋洋。新郎过喜，饮酒过量，醉在车上。搀扶下车，喜回洞房，突然倒地，暴病身亡。娇娘悲痛，卧病不起。病危之际，挺身救伊。抢救回生，千恩万谢。已无他想，请吾小聚，饭店致谢。抬头望画，美画留目。推荐伊人，伊人更赏。目不离画，见画对诗，诗情画意。句句撩心，暗点情怀，情入心扉。”

他不说了。看见马校长听得入迷，急忙说：“老兄吃菜，喝酒。”

马校长问：“那后来呢？”

他说：“成了！就到了现在这个样子了！”

马校长听了他的四言诗，深有感触，佩服他的才华、毅力、决策。心里说，局长选拔这样的人来S中学一肩挑，真是伯乐呀！他用三年的时间，使学校跃入先进的行列，而且还有更上一层楼的趋势。他更敬佩他的是：他怕耽误了工作，把爱深深地压在心底。马校长为他惋惜，感慨地说：“那你就不能告诉她真情，学校搞起来之后，你们细谈吗？”

“也许你说得对！”他说，“可我当时就没有往这儿想，只一心想着实现我的九字方针。内心把最后三个字由‘出成绩’改为‘成名牌’！”

“是啊！名牌成了，她也飞了。”马校长风趣地说。

“但她不想飞！”周校长说，“她亲白送来结婚请柬时，无意间发现了我给她写的诗。她看了悲痛万状，捶打我的前胸，第一次直呼我的名字。骂着，伪君子！”

周浩博低沉地说：“实际上她是委屈了自己，成全了别人。”

马校长是肃然起敬：“你们的爱情真有些传奇色彩，怎么一幅画就能成了？”

周浩博说：“那幅画真是引人注目，面面上梅花朵朵正在开放，一只喜鹊仿佛在枝间跳跃，我首先发现了这幅画，示意她看。她看了笑着问：‘难道你不爱梅花？’我说：‘世上没有不爱梅花的人。’她笑着让我赶紧去采，我听她话里有话，含蓄地说：‘带刺玫瑰不敢采。’她听了笑着说：‘带刺玫瑰不扎君。’眼向火一样地射向我。我脑海里闪现出三年前她向我暗示的情形，那时她用唐诗宋词多次示爱，我无有回应。这次可不能再产生悲剧了。于是我说：‘我心常怀君，终不见君心。今日见真情，喜煞梦中人。’她拉我的手，走到画前说要感谢画家，感谢这幅画。”

马校长听到此，突然又站起，斟满酒相碰，激动动地说：“祝贺贤弟，恭喜贤弟。有情人终成眷属！”随即一饮而尽。周校长也急忙站起相碰一饮而尽，说：“谢谢老兄，谢谢老兄！”

这真是：

玉镜人间传合璧，银河天上渡双星。

二十七

天上馅饼张张掉，人间喜事桩桩来。苍天不负苦心人，赋予春风百花红。

局长是一位久精考验的教育战线的老兵。身任教育局党委书记、副局长（主持工作），文教工会主席等职。注重调查研究，有魄力，幽默风趣，善于言辞，是一位号召力极强的领导。

善于发现人才和使用人才，扶上马送一程，是他使用干部最重视的一点，他密切的注意到，周浩博一上任就显示出他独特的工作方法和能力，他工作有方法，方法得当，工作有措施，措施得力，长计划思路高远，短安排想的周全，他能把老师们拧成一股绳，能调动起老师们的积极性，稳扎稳打步步为营地前进。他特别重视领导班子的团结，两位副校长发挥了神奇般的作用。中考闯入前 8 名的 s 中学，还有更上一层楼的势头。

他要做进一步的了解。

局长等一行人来郊区中学考察。马校长紧紧地握着局长的手说："欢迎局长来指导工作！"坐定。

局长笑着说："快马加鞭未下鞍，你快赶上 S 中学了！"

"这要感谢局座和周校长。人家周校长舍得把这么好的老师派出来支教，语数外三科名师都来了，头一年丁芳，第二年文昌，第三年武梅香，实际上是您的功劳。首先得感谢您。"马校长说。"我也真诚地感谢周校长，这位年轻的校长，工作有魄力，有方法。考虑问题细致入微，局长是伯乐！有伯乐才有千里马！他来 S 中学 3 年变了样。"随即他把周校长和武老师为 S 中学共同奋斗和坎坎坷坷爱情讲了一遍。在座的听了，无不赞颂。局长让马校长和武老师打个招呼，第三节听她的课。这是昨天电话里约好的，但局长不让提前告知武老师。

开始做课间操了，局长一行人都往操场走去看操。

上课铃响了，武梅香看见教室后面和过道里坐满了人，过道里都是郊区中学的老师。她一眼看到她的几个徒弟都来了，声音清脆有力地说："上课！"

学生精神状态饱满，齐刷刷地站起来说："老师好！"随即，齐刷刷地坐下。武老师在黑板正中靠上写了四个大字：品味诗词。随即转过身来："这一阶段我们学了不少诗词，这节课我们来总结一下。哪位同学能说一下我们都学了些什么？"下面不少同学举手。她叫了两位同学，把本学期的诗词拢了拢，起到了启上承下的作用。局长看到，学生齐刷刷地盯着黑板，眼睛随着老师的手势转动着，听课老师身体向前倾着。给他的感觉是：字迹清秀、大方、美观；教态自然、大方，给人以舒服的感觉，声音清丽而圆润。他想："小周有这样的老师，助手难能可贵呀！"

只听武梅香说："讲到中国诗词，特别是唐宋诗词是中国文化的瑰宝，是我们取之不完，用之不尽的精神食粮。同学们跟上老师的思路来。我背，你们想全诗，想作者想意境：迟日江山丽，春风花草香。两个黄鹂鸣翠柳，一行白鹭上青天。窗含西岭千秋雪，门泊东吴万里船。北风卷地白草折，胡天八月即飞雪；忽如一夜春风来，千树万树梨花开。天生我材必有用，千金散尽还复来。会当凌绝顶，一览众山小。锄禾日当午，汗滴禾下土；谁知盘中餐，粒粒皆辛苦。无边落木萧萧下，不尽长江滚滚来。今宵酒醒何处？杨柳岸，晓风残月。欲穷千里目，更上一层楼。日出江花红胜火，春来江水绿如蓝，能不忆江南？江畔何人初见月，江月何年初照人？今人不见古时月，今月曾经照古人。"

"我们再来共同欣赏毛泽东的《虞美人·枕上》：

堆来枕上愁何状，江海翻波浪。夜长天色总难明，寂寞披衣起坐数寒星。晓来百念都灰烬，剩有离人影。一钩残月向西流，对此不抛眼泪也无由。

“这是1921年毛主席写给杨开慧的爱情诗。他们1920年结婚，1921年便分离。这对革命夫妻的爱情不同凡响，紧紧与革命事业联系到一起。

“苏轼云：大江东去，浪淘尽，千古风流人物。故垒西边，人道是，三国周郎赤壁……毛泽东写：北国风光，千里冰封，万里雪飘。望长城内外，惟余莽莽；大河上下，顿失滔滔。山舞银蛇，原驰蜡象，欲与天公试比高。须晴日，看红装素裹，分外妖娆。江山如此多娇，引无数英雄竞折腰。惜秦皇汉武，略输文采；唐宗宋祖，稍逊风骚。一代天骄，成吉思汗，只识弯弓射大雕。俱往矣，数风流人物，还看今朝。

“今天这节课，老师起了抛砖引玉的作用。请同学们课下找全了，背会，为己所用。”她转身在黑板上“品味诗词”的后面又加了四个大字“提升自我”。

“我讲个小故事。范仲淹提拔了一个人。另一个人心想，为什么不提拔我呀？随写了一首诗：

近水楼台先得月，向阳花木易为春。

“范仲淹看了这首诗，随即把这个人也提拔了。这个人一生就写过两句诗，但名传千古。这个人是谁？这也是今天的作业。”

下课了。局长紧紧地握着武老师的手说：“你在未被通知的情况下成功地讲了一节观摩课，很精彩！”

随后，随行人员都和她一一握手，表示祝贺。

回到会议室，马校长继续汇报工作。大家就这节课，你一言我一语地做了研讨。大家一致认为，课讲得很成功，板书布局合理，字迹清秀大方、规整而漂亮，教态大方，语言清丽，抑扬顿挫，妙语连珠，引经据典，知识面广，学以致用。

校长说，三位老师支教两年三个月，都在初三把关。三位老师的共同特点是：会教、善教，如把学生载入轻舟顺利地驶向彼岸。知识的融会贯通，以点带面的复习，起到了事半功倍的效果，不仅是我校全校老师看好，更有家长们举大拇指赞赏。

这天下午，局长悄悄地溜进了S中学的校园。校园整洁美观。此时正值初秋时节，鲜花铺地，绿树成荫，给人以清爽的感觉。走进教学楼，走廊里十分干净，没有一张废纸。教室里上课有序，没有交头接耳、左顾右盼的。他看见武梅香老师在讲桌上写着什么，学生静悄悄地在下面写着什么。他知道这是两节作文课。突然发现教导主任向他走来，热情地说：“局长好！”

“你好！”局长轻声说，“找个清静的地方，你把教师花名册拿来。”主任把局长领进小会议室，局长根据毕业学校和所学专业，点了十五六个人来这儿开小型座谈会。不一会儿，参会的人陆续到齐。局长与他们一一握手问好。

他说：“我们开个随意座谈会。周校长来我们学校六个年头了。学校怎么样呀？有什么不足呀？大家随意说，不记录，不记名字。”

老师们纷纷举手。

一位说：“好！说不来的好法。刚来了觉得他有些嫩，但越来越觉得不嫩。”另一位说：“有魄力，有措施，计划性强。他提出‘走出去开阔视野’，他带领全校老师游了北戴河，看了山海关、老龙头、鸽子窝、孟姜女庙，游了承德，参观了故宫、颐和园等。真的是开阔了老师们的视野。他‘请进来传经送宝’，请来了全国的名人，召开了有名的全省教育教学研讨会，长了学校的志气。老师们开始直起腰板儿走路。他的‘坐下来深钻细研’，使老师们坐下来，找自己的不足，看人家的长处，比学赶帮有劲头。他的‘实践见中立竿见影’，经过三年的奋斗，中考成绩大幅度上涨，我校成了先进学校第三名，破天荒地出了语数外三科状元。用3年的时间实现了二八字令。不简单，不简单！”

另一位说："周校长还有个九字方针呢：上轨道、上台阶、出成绩。"

第三位接着说："周校长决心大，学校工作上不去，不找对象。把那么支持他工作的武老师放走。可武老师硬是支持他，把那个年级团弄得像一个人似的。"

第四位说："情义之人，仗义之人，硬是把三个把关老师送出支教，给别人搭了上房的梯子！丁老师走了，武老师给她兼班主任，丁老师的徒弟接任英语课。文昌老师支教走了，他的徒弟接任数学，丁芳兼班主任。武老师支教走了，她的徒弟接任班主任和语文课。工作一点不落下。"

第五位说："支教的老师没给学校丢脸，反而大长了学校的名气。丁老师洪水中救出两名学生；文昌老师会复习，郊区中学的中考数学就上去了；年老的文昌老师只去了3个月呀！武老师就更不用说了，听说是会教、教会的能手，历史老师和音乐老师都拜他为师，要学会板书，教态、音色，说学会这三样，就能把学生吸引住。只要能把学生吸引住，成绩自然会有起色。"

第六位说："周校长提倡的拜师会，简直是绝了！年轻教师的教学水平和能力大有提高！"

局长插话："两位副校长怎么样？"

一位老师接话说："没说的。有意思，两位副校长岁数都比周校长岁数大，还都听话。不能说听话，是配合得天衣无缝。弓校长分管德育，把政教处、团委、大队部工作真是抓到位了，把周校长提出的传统美德教育融入爱国主义教育，体现得淋漓尽致。分管总务的牛力副校长工作细致入微，凡事走在前面，真是兵马未动粮草先行。"

局长附耳主任："让周校长和武老师在校长室等我。"主任领命出去了。

老师们越说越激动，仿佛有说不完的心里话。"周校长能把全校师生拢到一起！真是不简单。""严要求，出了新局面，真是人心齐泰山移呀！""周校长对自己要求严呀！办公桌上的座右铭为'道德境界高标准；道德实践高自律'，以此激励着自己！""有股劲，不达目的不结婚。"一位年轻老师突然冒出一句："这不应该！""可怜的武老师担心死了！""还是他救了她！""带病工作，干劲更足了！出了状元了！"

最后，局长说："我耽误了大家的时间。谢谢你们，祝你们永远拧成一股绳，祝S中学更上一层楼！"老师们用热烈的掌声躬送局长。

康熙私访月明楼，锦上添花香气增。含苞待放应开放，莫要再负眼前人。

走进校长办公室，周校长和武老师急忙站起来，周校长紧紧地握着局长的手，笑着说："欢迎局长私访月明楼！"

局长笑着说："月明楼上见良人！"

随后，又紧紧地握着武老师的手，幽默地说："含苞待放应开放，莫要再负眼前人。"

武老师听言，脸红到脖子根儿，不知该怎么说，急忙把茶端给局长笑着说："刚沏好的，知道你过来。喝一口！"局长接过杯喝了口，笑着说："机敏不过武梅香。"

她笑着说："知我莫如老局长。"

局长又哈哈地笑起来！"今天我就是专为这事儿来，我要当你们的证婚人，代替喜鹊登梅那幅画。

周浩博、武梅香心想：他怎么知道得这么清楚呀？周浩博又细想：一定是马校长走漏的风声。不管怎样，总得谢谢局长。武梅香其实挺激动，局长有如此心意，真令人感谢，随口说道："谢谢局长抬爱，我终生不忘！"

局长听言，心想：这对年轻人早该成鸳鸯。觉得心里有些愧疚。武老师父母双亡，兄长又为国牺牲，一个人孤苦伶仃，这么好的老师，我关心得太少呀！

局长听她言，笑着说："今年国庆举行结婚典礼，我要当好证婚人。"

"怎么和我们的计划这么吻合呀！直是钻到肚里了。"周浩博和武梅香同时这样想。

“谢谢局长为我们当证婚人！” 俩人异口同声说。

局长笑着说：“抓紧做好筹备工作！你们是教育界的一对模范夫妻。”

一份新的人事安排计划在局长的脑海里形成。

开学前夕，一份红头文件摆放在周校长的办公桌上，文件中说：任命周浩博为教育局副局长。兼任S中学党支部书记，校长：任命牛力为A中学校长：任命弓劲为B中学校长：任命武梅香为s中学副校长：任命丁芳为s中学副校长，特聘文昌老师为教育局教研室数学教研员。组织编写数学复习资料……

这份沉甸甸的文件，体现了教育局对s中学的看好。一下子提拔了5位领导，还返聘了一名教研员。这是有史以来从未有过的壮举。这说明了他这6年来没有白干，他把爱情押在赌注上，几乎把武老师陷入泥坑而不能自拔。武老师为他着想的那颗心，那颗金子般的心……丁芳老师那舍己救人，不怕牺牲的精神……两位副校长全心全意配合校长的工作态度，细致入微的工作方法和思路，是他走好一盘棋的坚强后盾。老教师文昌不退休而继续要求带一届的精神，他要以个人的名义请他们吃饭。一是要恭贺他们升职，二是要让他们尽快的走上工作岗位，进入角色，他想局里这样安排，是过渡一下，想让他把两位新上任的副校长带上路走一程。最后他想到自己要马上去见伯乐。一是要感谢局领导对自己的提拔，更重要的是要请示下一步该怎么走。

新郎挽着新娘手，披红挂彩上台来。梁祝一曲心欢喜，心敲鼓点乐开怀。

主持人牛力：今天惠风和畅，红旗招展，在国庆佳节的喜庆日子里，又迎来了周浩博和武梅香的结婚喜庆典礼。真是：

浩博梅香结姻缘，梅海香飘润浩田。共谋教育心相印，一步一梯上瑶台。

轻音乐奏着，主持人接着说：“请二位新人上台，请父母上台，请证婚人上台，请二位新人向父母三鞠躬，向证婚人三鞠躬，请父母讲话。”周浩博父亲站起，首先握着局长的手说：“谢谢你培养他成长、成人、成才、成家。”他深深地向局长鞠了一躬。转身向台下：“感谢各位亲朋好友同人，在百忙中来参加我儿子和儿媳的婚礼，他们在局领导的关心、关怀、培养下成长、成人、成才、成家，在各位的热情关注、大力支持下方有今天，我衷心地谢谢各位。”随即，向台下三鞠躬。台下响起了热烈的掌声……

牛力接着说：“请证婚人讲话。”

局长走向前，激动地说：“首先祝贺这对大龄青年走入婚姻的殿堂。他们本来是一对一见钟情、称心如意的佳侣，但是周校长把爱压在心底整整3年，当学校步入先进学校的行列时才表露真情，两人又为学校稳步前进，直到6年后的今天才走入婚姻的殿堂。教育局奖励他们为教育界的模范夫妻。”随即，局两位同人抬上一锦匾递给局长，局长双手递到两位新人手中。二位新人接下，S中学的工作人员急忙接下。

苍天不负苦人心，赋予春风百花红。

“祝S中学更上一层楼！祝两位新人携手共进，再创辉煌！”

敬酒就开始了。王忠今天是西装革履，一表人才，隐去了军人的风采；丁芳上身着水红色翻领衫，系天蓝色纱巾，下身是黑色短裙。周浩博低声附耳丁芳说：“元旦我给你俩当证婚人。”丁芳绯红了脸，低声说：“谢谢局长。”随即他向局长介绍：“这位就是救下丁芳的王营长。”营长急忙向局长说：“我是周老师的学生。”局长早听说过他们的故事，随即说：“天外飞来金凤凰，营长家中添清香。”

转身面向周浩博说："你抓紧给办吧！元旦就行！"

周浩博说："是的，局长，咱们元旦喝他们的喜酒。我当证婚人。"

王忠听言急忙说："谢谢局长，谢谢老师！"

丁芳的脸红到脖子根，却喜色地说："谢谢局长！谢谢校长！"局长又面向丁芳说："这么好的人，你得拉拽紧。小心被人抢走！"

又面向营长说："天外飞来金凤凰，随时可飞他人家。"

说得大家都笑起来。

营长说："有我们老师在，她不敢飞走！"

丁芳说："有校长在，他哪敢胡来！"

说得大家又都笑起来。局长这么说，是为了让大家不拘束，活跃气氛。

一对新人首先走到父母跟前，各举一杯递到父母胸前，这婆婆公公看到站在面前亭亭玉立、如花似玉、水灵灵的儿媳时，不知有多高兴。见儿子、儿媳双手举杯，送到婆婆公公胸前时，婆婆公公双手接杯一饮而净，公公说："祝你们龙凤呈祥，花好月圆！"婆婆说："祝你们把工作搞好，小家庭经营好，如芝麻开花节节高！"

接下来要给证婚人敬酒，两位新人各举一杯到证婚人胸前，新郎说："谢谢局长一路提携，恩重如山！"局长接杯一饮而净，随口说道："骏马飞奔，瑞风绕蹄，前程路上花开似锦。"

新娘举杯等接，随口说道："谢证婚人，牵红线，如长辈关爱我，终生不忘！"

证婚人接杯，一饮而净。随口说道："愿接班人，早来到，受庇护，早成才，为教育大展宏图！"新娘绯红了脸，心想：局长确实幽默。这得回话呀！于是低声说："教育自有后来人，一辈更比一辈强！"

台上奏着轻音乐，正在弹奏着《我的祖国》。S 中学女音乐老师正在跳着，舞步轻盈，不少人的眼光投向舞台。一会儿换了曲子，变成《在那桃花盛开的地方》，那是 S 中学一位年轻老师在唱："在那桃花盛开的地方，有我可爱的武梅香，她那活泼动人的眼睛，好像晚上明媚的月亮……”台上又换了曲子，S 中学的一位小伙子手持小鼓唱着：“掀起你的盖头来，让我看看你的脸……你的眉毛细又长呀！好像那天上的弯月亮……”台下是敬酒声、干杯声、嬉笑声、祝贺声、感谢声，和台上的歌声融为一体，把婚庆典礼推向了高潮。这真是：

天上馅饼张张掉，人间喜事桩桩来。苍天不负苦心人，赋予春风百花开。

跋

初读《青春之恋》，能感受到作者的真情流露在字里行间。那是逝去的岁月和青春，然而字字句句又是鲜活的生命、灵动的画面。

文思宁善良，拥有医者的仁心与担当；白雪梅聪敏，对爱情非常执着；郝桃花既自私又胆大，既热烈又敢于承担；王玉瑶机智周旋，护爱人与同学们周全……

在那个艰难的岁月里，一群风华正茂的年轻人，在面对爱情、亲情、友情，艰难、困苦和疑惑中不停地挣扎、斗争，最终以喜人的面貌奋斗出了崭新的生活。

小说中的人物大都淳朴、善良，或聪慧或含蓄，但个个都积极向上，勇往直前。这也正是作者这一代人的面貌，正是“世界虐我千百遍，我待世界如初恋”。这种不畏艰辛、苦中作乐的精神，也正是需要我们代代传承的精神。

文中人物均为虚构，但故事却是虚实相间。作者用笔真挚，感情真实，画面感很强，人物故事如在眼前，值得一读。

雨　枫

2022 年 8 月于呼和浩特

后 记

《青春之恋》遇到了张静老师和李正堂主任的大加赏识，由于二位伯乐的大力支持、热情关怀和精心呵护，《青春之恋》将很快与读者见面。

在此表示衷心的感谢！向二位伯乐致以崇高的敬礼！